Слава Бродский

С первого взгляда

Двадцать семь коротких рассказов

Slava Brodsky
At First Sight
Twenty-Seven Short Stories

Manhattan Academia

Слава Бродский
С первого взгляда
Двадцать семь коротких рассказов

Slava Brodsky
At First Sight
Twenty-Seven Short Stories

Manhattan Academia, 2019
www.manhattanacademia.com
mail@manhattanacademia.com
ISBN: 978-1-936581-20-7

Содержание

часть
первая

Брачный контракт

Он был женат уже пятнадцать лет. И к концу этого срока у всех его близких друзей что-то случилось в семье. Его друг детства был в разводе с женой и уже давно встречался с какой-то молоденькой девушкой. Да и у всех остальных семейные отношения, по меньшей мере, дали глубокую трещину. Получалось так, что их замечательная компания, существовавшая многие годы, теперь практически распалась. И вот в преддверии Нового года он абсолютно не представлял себе, где и с кем они могли бы провести новогоднюю ночь. Конечно, он очень хотел бы встретиться с другом детства и его новой пассией. Но когда он сказал об этом жене, она отреагировала на его предложение резко отрицательно. Она всегда была очень близка с женой его друга и не хотела ее обижать.

В последние дни декабря он неожиданно узнал у себя на работе, что их начальство отводит зал совещаний для встречи Нового года. Те, кто был там однажды, посоветовали ему туда пойти. Он предложил это жене, и она согласилась. Вот так в конце концов получилось, что Новый год они встречали в компании, где было много незнакомых им людей.

Ему в этой компании, в общем-то, понравилось. Засиделись они там далеко за полночь. По тому, что многие рассказывали свои жизненные истории, он понял, что все мало знали друг друга. А уже под утро, когда народ готов был расходиться, кто-то поведал простую историю своей первой детской увлеченности. И тут он тоже захотел рассказать одну почти совсем уже забытую им историю. Человек пять или шесть, включая его жену, повернулись к нему, и он начал свой рассказ.

Ему было всего девять лет. Летом они с мамой жили на Украине. Мама считала, что ребенку надо дышать свежим воздухом. Они снимали комнатку в доме. За продуктами мама ходила на рынок. Он помогал ей нести оттуда то, что она там покупала. То немногое, что она ему давала, она делила на две части, чтобы он нес это в двух руках, – мама следила за тем, чтобы у него не было искривления позвоночника.

Как-то на рынке его мама познакомилась с одной женщиной, которая, как оказалось, тоже снимала на лето комнату, неподалеку от них. Жила она там со своей дочерью, Элей.

В тот день Эля не была с мамой на рынке с утра. Она пошла туда позднее и встретила их, когда все уже шли обратно. Подойдя к своей маме, она прошептала ей что-то на ушко. Мама тут же закричала на нее и велела замолчать. А Эля сказала, что слышала это по радио. А когда все стали спрашивать Элю, о чем она шепталась с мамой, ее мама закричала:

– Молчи! Молчи, я тебе говорю!

А Эля все повторяла, что слышала это по радио. И в конце концов, ее мама разрешила ей рассказать об этом всем.

Вот так они узнали, что Берия – шпион и враг народа. И так он в первый раз увидел Элю.

Он дружил там с ребятами, которые были старше него. Однажды один из них сказал ему, что Эля очень красивая, и спросил, нравится ли она ему. Он не знал, что все это значит, и признался в этом своему приятелю.

– Как! Ты что же, не знаешь, что такое красивая девочка?

– Нет.

– Давай, я тебя научу.

Он согласился.

– Вот Валя, – сказал приятель, – она совсем не красивая. Светка – ничего себе, симпатичная. Но Эля, конечно, самая-самая красивая. А если она тебе нравится, значит, ты ее любишь.

Приятель посмотрел на него и спросил:

– Понял?

– Понял, – ответил он.

Они складывали пальцы одной руки полукольцом, а указательный палец другой руки располагали в середине этого полукольца. Получалась буква «Э». Когда они видели Элю, то всегда показывали друг другу на пальцах эту букву «Э» и понимающе улыбались.

Он стал все время думать об Эле. И вдруг понял, что она действительно красивая. А также понял, что он ее ужасно любит.

Однажды вечером он со своими друзьями оказался около танцевальной площадки. Они смотрели сквозь ограду, кто с кем танцует. И он увидел Элю. Она танцевала со своей мамой. Он поразился, как по-взрослому она выглядела. Понял, какая глубокая пропасть между ними, и очень расстроился.

Его жена внимательно слушала рассказ, а потом спросила:

– Ну и чем же закончилась эта история?

– Да ничем, – сказал он. – В конце августа все стали разъезжаться по домам, и кто-то из наших сказал мне, что на следующий день и Эля с мамой уедут домой. Тогда мне стало просто страшно. Я понял, что обязательно должен узнать ее фамилию и где она живет. Но не представлял себе, как я могу это сделать.

– Ну и что, ты все-таки узнал все, что хотел узнать?

– Да.

– Конечно, сейчас уже не помнишь.

– Почему же. Ее звали Эля Котова.

– Надо же!

– Она жила с родителями в Днепропетровске – проспект Пушкина, дом 16, квартира 4.

Жена стала придирчиво допрашивать его, как он смог запомнить адрес. В ответ он только пожимал плечами. А потом она спросила, разыскал ли он свою Элю. А он ответил, что никогда и не собирался ее разыскивать.

– Почему? – спросила жена.

– Потому что она ни в какое сравнение не шла с тобой.

– Нет, до того, как мы встретились?

– Но я же знал, что скоро встречу тебя.

– Очень остроумно.

Народ стал подниматься со своих мест. Все расходились по домам.

– А ты мне никогда ничего не говорил об этом, – сказала его жена. – Почему?

– Потому что в нашем брачном контракте об этом ничего не было.

– У вас был брачный контракт? – спросил кто-то.

– Нет, – сказала она, – это у него такие шутки. Он любит пошутить.

Туся

Это было в конце восьмидесятых. Наша шабашная бригада, которая раньше сплошь состояла из отказников, теперь стала меняться. Кого-то из наших выпустили, и к нам присоединились те, кто подал заявление на выезд из страны совсем недавно. Им тоже пришлось покинуть свою работу. А заработки в шабашной бригаде давали возможность прокормиться и подготовиться к отъезду.

Нашим бригадиром был Кирилл. Зимой он отдыхал. А ранней весной ездил по сельским местностям и договаривался с руководителями колхозов и совхозов о постройке АВМ – агрегатов витаминной муки. А потом, с середины весны вплоть до осени, мы, его бригада, делали там всю работу: возводили постройки, устанавливали и налаживали оборудование.

В тот год мы работали в рязанской деревне. Жили в комнатке при колхозном клубе. Покупали у местного населения овощи, молоко. Иногда нам доставалось из колхозного распределителя немного мяса.

Молоко нам приносила совсем молоденькая девушка, Наташа. Но в деревне все звали ее Тусей. Было ей семнадцать лет. Сначала она просто приносила молоко по просьбе своей матери. Приносила, ставила на стол и уходила. Но потом, со временем, готова была немного задержаться у нас. Старалась прийти вечером, когда мы уже заканчивали работу. Норовила помочь приготовить что-то поесть. Объясняла, как проще делать творог из прокисшего молока, как размягчить и поджарить засохший хлеб. А потом даже стала приходить и в середине дня. Поила нас холодным яблочным компотом, который готовила по просьбе Кирилла.

Постепенно мы стали понимать, что у нее был вполне определенный интерес к нашей компании. И в какой-то момент всем стало очевидно, что ей ужасно нравится Кирилл. Да он и сам стал это осознавать. И то ли он считал это совершенно несерьезным, то ли был сильно поглощен своей работой, то ли понимал, какая пропасть между ними, – относился к ней хоть и тепло, но чисто по-товарищески.

Так мы и работали в то лето под присмотром Туси. Она была девочкой смышленой. Любой из нас не прочь был перекинуться с ней парой слов. Она делилась с нами местными новостями. И ее рязанский говор казался нам всем очень милым. А все, о чем говорили мы, она слушала с жадным вниманием.

Как-то я сказал ей, что хотел бы пойти на рыбалку, и спросил, есть ли у кого-то из местных бредень. Она ответила, что бредень есть у ее старшего брата и что он, конечно же, может помочь в этом деле.

– А ты сама-то бреднем ловила когда? – спросил я.

– Да-аа.

– Ну и что, рыба-то есть?

– А как же нет?

– А какая?

– Окунья, лящи, щука.

– Большие?

– Кила на три бывают.

Как-то, еще до этой рыбалки, я спросил у нее, кем она хочет быть, когда вырастет. И она очень серьезно сказала, что уже выросла. Что у них в ее возрасте уже замуж выходят. Я пытался возразить, напомнил о законе двадцатилетней давности. Но она сказала, что у них свои порядки и что ей вообще скоро уже восемнадцать. Я опять спросил, кем же она хочет стать. И она ответила, что хочет стать хорошей женой, родить детей. Потом добавила, что хочет жить там, где живем мы, и научиться говорить так, как говорим мы.

Мы договорились с ней, что вечером пойдем рыбачить. Из наших на это дело не подписался никто. С трудом мне удалось уговорить только Кирилла присоединиться к нам. Так и пошли мы рыбачить вчетвером, с ней и ее братом.

Видно было, что рыбачила она не в первый раз. Командовала всеми нами она, а не ее брат. Покрикивала на нас, когда мы совершали какую-то ошибку.

Она ходила в воде, ничего не снимая с себя. И когда выходила на берег, мокрая, в прилегающем к телу платьице, то выглядела в лунном свете сказочно. Даже Кирилл в какой-то момент задержал на ней свой взгляд. А она, конечно, заметила это и сделалась еще оживленнее. Весело торопила его и все удивлялась, почему он так долго вызволяет рыбу из сетки. В конце концов, она стала это делать сама, а ему велела складывать рыбу в «мяшок».

Это был ее звездный час. Глаза ее светились таким счастьем, что больно было смотреть.

Туся знала, что наша бригада договорилась с соседним колхозом на следующий год, и была очень рада, когда услышала об этом.

В конце сентября, в наш последний день, она спросила Кирилла, приедет ли он на следующий год. Возникла напряженная пауза, и Кирилл сказал, что до следующего года еще надо дожить. А я подметил, что после этого эпизода Туся заметно помрачнела.

Туся ушла домой. Вскоре и я пошел к ним. Мне надо было рассчитаться за молоко с ее матерью. Уходя от них, я слышал, как Туся горько рыдала в своей комнатке.

Назавтра мы уезжали из колхоза. Добрались сначала до Рязани. А оттуда каждый поехал своим путем. Это была последняя шабашка Кирилла. Через две недели он улетал в Вену и надеялся к концу года быть в Нью-Йорке.

Шутка

Мой близкий приятель попал в больницу с острой болью в животе. Оказался аппендицит. Операция прошла успешно. Но у него стало пошаливать сердце. Сделали кардиограмму. Она показала обширный инфаркт. Его перевели в кардиологическое отделение. Местный кардиолог сказал, что положение серьезное.

В это время я в своем Первом медицинском успешно шел вверх. Кардиология, правда, не была моей областью. Однако у меня было много знакомых врачей самой высокой квалификации. Я позвал на консультацию одного из них, очень известного у нас в Питере кардиолога. И тот подтвердил все опасения местного врача. На вопрос, стоит ли перевести моего приятеля из этой больницы куда-нибудь в другое место, ответил, что это вовсе не обязательно. Сказал, что хотя положение его серьезное, но не угрожающее, и что все находится под контролем. Сказал также, что знает местного кардиолога, вполне ему доверяет и будет время от времени звонить ему и справляться о здоровье приятеля.

Больница вроде бы была неплохая. Но все-таки

не самой первой категории. Состояние больного ночью там не отслеживалось, и нам сказали, что было бы лучше, если бы мы установили постоянное ночное дежурство. И вот мы, друзья моего приятеля и его жена, стали дежурить там ночами. Если бы мы заметили, что с ним что-то не так, то должны были бы поднять тревогу, звать врача. К счастью, звать врача никому из нас не пришлось ни разу. Приятелю становилось лучше, и ночные дежурства отменили.

Потом ему стало еще лучше, и он уже начал выходить на прогулку в больничный садик. И вот однажды, когда мы там гуляли, он сказал, что хочет мне что-то показать.

Он повел меня на зады больницы. Там мы наткнулись на невысокий забор. Когда я увидел, что он собрался через него перелезть, я спросил:

– А тебе можно?

– Можно, можно, – ответил он. – Мне теперь все можно.

Мы перемахнули через этот забор. Прошли еще дальше. И я увидел, что на огороженной асфальтированной площадке были свалены скульптуры нашего бывшего усатого генсека. Там были большие и маленькие бюсты, скульптуры в рост и всякие поломанные руки, ноги.

Он стал щелкать генсека по носу, и это выглядело очень забавно. Потом спросил, не хочу ли я отколоть себе на память кусочек генсековского носа. Я отказался, а он решил, что отколет такой кусочек для себя. Эта идея ему очень понравилась. Он сказал, что повезет нос с собой в Израиль и там будет его всем показывать – пусть, мол, отгадают, что это такое.

– А ты не боишься, что тебе надо будет получить специальное разрешение?

– На вывоз произведения искусства?

– Ну да. Тебе еще повезло, что этому носу явно меньше 50 лет.

Мой приятель считал, что непременно должен уехать в Израиль. И как можно быстрее. Из всей нашей компании он был настроен наиболее решительно. Однако его жена не менее решительно была против этой затеи – во многом потому, что их отъезд очень подпортил бы карьеру ее отца. А тот вообще рассматривал их намерение уехать как непорядочное по отношению к нему. И все мы знали, что ситуация в их семействе сложилась очень напряженная.

Тем не менее приятель полагал, что, так или иначе, он все-таки уедет в Израиль. Готовился он к этому вполне серьезно. Достал учебник иврита. Сделал копию и для меня. И мы с ним уже могли потихоньку читать Библию. А до этого мы на русском языке прочитали все Пятикнижие. Многие места перечитывали по нескольку раз и ориентировались во всех этих библейских историях довольно свободно.

Откалывать кусочек генсековского носа пришлось мне. С самого начала это показалось мне не совсем простым делом. Поэтому я не хотел, чтобы приятель со своими сердечными проблемами принимал в нем участие. Но когда я приступил к выполнению задуманного, все оказалось сложнее, чем я ожидал. В конечном итоге я с этим все-таки справился. Приятель мой положил нос к себе в карман, и мы пошли обратно в больницу. И тут по дороге он сообщил мне, что собрался разводиться.

Мне всегда казалось, что если с моими друзьями случается что-то такое, я обычно переживаю больше, чем они сами. Расстроился я и на этот раз. А он сказал:

– Чтобы ты не огорчался сильно, давай посмотрим еще раз на то, что нам удалось отколоть.

Но я все еще переваривал его сообщение:

– Подожди, так вы опять разругались по поводу отъезда или…

– Или, – сказал он.

– Серьезно?

– Да.

– Подожди… Ты имеешь в виду…

– Да, да. Я же говорю тебе.

– Боже! Никак не ожидал этого от тебя.

Он развел руками.

– Ты знаешь, – опять сказал я, – никак не ожидал от тебя. Я в тебя верил, ну как…

– …как в себя? – закончил он за меня.

У меня в это время был трудный, запутанный период жизни. И его шутка показалось мне довольно злой.

Сынишка

Никита вызвался поработать на шабашке у Кирилла вместо поварихи. Шабашная бригада была небольшой, и Кирилл все раздумывал, нужна ему повариха или нет. Но он знал, что Никита довольно рукастый, так что от него могла быть и какая-то другая польза. Поэтому согласился с его предложением.

Перед самым приездом Никита попросил разрешения привезти с собой своего сынишку. Говорил, что он никому мешать не будет, а ему, мол, так уж получилось, не с кем его оставить. Кирилл дал добро и на это.

Оказалось, что сыну Никиты было всего восемь лет, а ему самому – уже шестьдесят шесть. И когда Кирилл удивился немного, как он в таком возрасте решил завести еще одного ребенка, Никита рассказал ему свою непростую историю.

Последняя его работа была связана с химической технологией. Он занимался гербицидами. Создавал пилотные установки для их производства. А в соседней лаборатории работал его приятель.

Обычно они небольшой компанией ходили обедать в институтскую столовую. С ними ходила лаборантка его приятеля, Нина.

Она никогда не была замужем, у нее не было детей, и вообще никого не было. Как-то Никита разговорился с ней, и она сказала, что ей уже под сорок и что живет она совсем одна. И если у нее не будет ребенка в ближайший год или два, то его уже никогда не будет.

Тут Никита сказал ей, что для того, чтобы заиметь ребенка, не обязательно выходить замуж. Вокруг полно мужиков, и среди них наверняка найдутся такие, кто вполне будет готов помочь ей в этом деле. А Нина спросила его, мол, а вот он-то готов был бы помочь ей?

Никита никак не ожидал такого поворота разговора и отказался принимать участие в этой затее. Но Нина разговор не забыла. Все время к нему возвращалась. Говорила Никите, что он мог бы просто осчастливить ее. А он не должен чувствовать никаких обязательств перед ней. И вообще, для него никаких проблем с ребенком не будет, и никто об этом даже не узнает.

В процессе всех этих доверительных разговоров они сдружились. На обед уже часто ходили только вдвоем, без всякой компании. Им приятно было посидеть часок вместе, поболтать о том о сем. И хотя никакого особого сближения между ними не было и не намечалось, Никита стал подумывать, а не стоит ли ему, и правда, посодействовать Нине. В конце концов, после долгих колебаний, Никита сказал, что готов ей по-дружески помочь в ее деле.

У Нины родился мальчик. Она была просто счастлива. Очень благодарила Никиту. И действительно, никогда не обременяла его никакими просьбами. Жена Никиты ничего об этом не знала. Да и никто, кроме них двоих, не знал об этом. Поначалу, конечно, никто не знал.

Через очень короткое время случилось так, что Нина познакомилась с другим мужчиной и вышла за него замуж. Вскоре у них родилась девочка. Мальчику к тому моменту было уже два года. Ну и внимания ему стало уделяться, видно, все меньше и меньше. Хотя Никита говорил, что отношение к сыну у матери не изменилось.

Потом у Никиты умерла жена. А их дети уже давно с ними не жили. И Никита стал наведываться к своему сынишке. Иногда забирал его к себе. Даже ушел с работы, чтобы чувствовать себя свободным.

Со временем Никита брал к себе мальчика все чаще и чаще. И постепенно все привыкли к тому, что сынишка его стал жить в основном с ним.

В школе у его сынишки дела шли не очень. И Никита однажды намекнул Кириллу на это довольно прозрачно. После этого Кирилл и сам стал замечать, что не все у мальчика было гладко. Но выражалось это, может быть, только в каком-то чрезмерном его послушании. Он бросался выполнять что угодно по первому слову отца. Глядел на него с нескрываемым обожанием.

В бригаде сынишка помогал Никите, мыл посуду. А когда поздно вечером после работы все садились ужинать, носил вместе с Никитой на стол еду. И хотя мальчик не выглядел несчастным, но у всех возникало к нему какое-то чувство жалости.

Каждый старался сделать ему что-то приятное. Для этого все всегда держали в запасе простенькие конфеты, печенье. Однако прежде чем принять их, мальчик всегда бросал взгляд на своего отца, чтобы точно знать, что ему позволительно делать, а что нет. И даже когда кто-то говорил ему что-то похвальное, он тоже смотрел сначала на отца, а потом уже на того, кто его похвалил, и, как бы принимая эту похвалу, робко улыбался.

После того как Никита ушел с работы, он жил случайными заработками. Мог сорваться с места в любой момент и поехать по вызову. То варил новые днища к старым машинам, то ремонтировал дома. За короткий срок освоил водопроводное дело. Часто помогал шабашникам, когда у них появлялась срочная и незапланированная работа.

И с ним всегда был его сынишка.

На всю жизнь

Он познакомился с ней в байдарочном походе. Она была чертовски хороша. К тому же очень неглупа. Вела она себя довольно высокомерно. Высмеивала всех и каждого за малейшую оплошность, действительную или мнимую. И к ней никто не осмеливался даже подступиться.

Она ему, конечно, сразу понравилась. Ему было с ней интересно. О чем бы он ни начинал говорить, их разговор приобретал неожиданное для него направление. Они могли болтать обо всем на свете часами. Однако он был далек от того, чтобы строить какие бы то ни было планы, связанные с ней. И не то чтобы она была не в его вкусе, но он представлял себе всегда свою девушку несколько иначе. К тому же он знал, что у нее есть жених и что она собиралась в конце лета переехать к нему в Академгородок Новосибирска. Да он и сам недавно решил, что не скоро еще свяжет свою судьбу с чьей-то другой.

Но когда она стала проявлять к нему какое-то внимание во вполне определенном смысле, ему это польстило. Ему, конечно же, нравилось, как они общались. Они понимали друг друга с полуслова и даже – с четверти слова. И ему стало казаться, что он знаком с ней всю жизнь. Он еще старался сдерживать себя в их отношениях. Но несмотря на это, они развивались довольно быстро.

С самого раннего детства он жил в Москве. В школе серьезно занимался физикой. Там еще проштудировал всего Ландсберга. Побеждал на физических олимпиадах. Но знал, что в Университет его не примут. Учился, как и многие его талантливые сверстники, в «керосинке». После ее окончания несколько месяцев не мог никуда устроиться. И вот наконец его приняли в НИИ, где занимались медико-биологическими проблемами. Его начальство каким-то образом было связано с одним из академических институтов Питера. А там собирались приступить к разработке системы медицинской диагностики. В Москве сколотили группу программистов, которая должна была помогать академии. Для этой цели набрали толковых молодых ребят. А его дядя, который хорошо знал всю верхушку московского НИИ, помог ему туда устроиться.

– В твоей нефтехимии диссертацию за десять лет не напишешь, – сказал ему при первой встрече его начальник. – А тут вам всем, как теперь говорят, семафоры зеленые. Защищаться все будете в академии.

В первый свой год он уходил с работы не раньше десяти вечера. Ему очень не хотелось подвести своего дядю. А там, на его работе, все было для него новым – и общая постановка проблемы, и инструментарий, с помощью которого эта проблема должна была решаться.

Поначалу народ в НИИ не воспринимал его серьезно. Но он довольно быстро стал постигать все программистские премудрости. К следующему лету он уже работал почти на уровне лучших ребят в группе. Кроме того, он смог быстро ухватить контуры всей системы в целом. И был уже незаменим на всех совещаниях у начальства.

К концу первого года своей службы он понял, что настал момент, когда он может перевести дыхание. Он испросил себе отпуск на неделю. Очень хотелось пойти в байдарочный поход с друзьями. И он, конечно же, совсем не ожидал, чем все это может закончиться.

В один из последних походных дней они ушли от общего костра и долго бродили по лесу.

– Это ведь у нас не просто летнее развлечение? – спросила она его.

– Нет, – сказал он.

– Подумай хорошенько. Это очень важно для меня. Ты уверен, что любишь меня?

– Да.

– И никогда не разлюбишь?

– Нет.

Ему показалось, что она напряженно думала о чем-то.

– Значит, на всю жизнь? – спросила она.

– Да, – сказал он.

Поход закончился. Они возвращались в Москву. Он спросил ее, собирается ли она что-то сообщить своему жениху. И она ответила, что пошлет ему письмо, как только они вернутся домой.

Уже потом, в Москве, он узнал от нее, что она отправила письмо жениху. Написала ему, что это была ошибка. Хотя она до сих пор считает, что он очень хороший человек. Написала, что вышла замуж.

– Но ты же еще не вышла замуж, – сказал он.

– Как? Мы же с тобой все решили. Что это у нас на всю жизнь. Разве теперь важны формальности? Я считаю себя твоей женой. А ты должен считать себя моим мужем.

Со временем направление их разговоров поменялось. Они уже не так часто говорили на отвлеченные темы. Больше обсуждали бытовые моменты.

И он, и она снимали комнату. А теперь они поняли, что совместными усилиями могли бы снимать квартиру, и она стала активно заниматься ее поиском. Обзванивала всех своих друзей, знакомых.

– Послушай, – сказала она ему как-то. – Я хотела тебя спросить вот о чем. Мой папочка... Ну, когда я еще жила с ними... Он каждый вечер, когда приходил с работы, садился в кресло, разворачивал газету и часами ее читал. Это было так ужасно. Мы с мамой так злились на него. Ведь ты не будешь так делать?

– Нет, не буду. Я не люблю читать газеты. А что еще ужасного делал твой отец?

– О, много всего. Мы с мамой просто от него с ума сходили. Он все делал не так. Знаешь, он хлеб откусывал прямо от целого куска.

– Как это?

– Ну, не отламывал себе кусочек, а прямо от целого куска. Понимаешь?

– Кошмар.

– Но самое ужасное я тебе еще не рассказала.

– Что же это?

– Он дома носил тренировочные штаны. А они у него были вытянуты на коленках. Это выглядело так смешно. Мы с мамой все пытались ему объяснить, как это смешно. Но он нас не слушал. Ты ведь не будешь носить тренировочные штаны дома? Правда?

– Правда. Я вообще буду дома ходить без штанов.

В какой-то момент она повела его знакомиться с родителями. Те пригласили их на чай. Она познакомила его с мамой, отцом и со своим младшим братом, Костиком. Когда знакомила с отцом, сказала:

– А это мой папочка.

Ее отец кивнул головой:

– Да, папочка.

Тут она и ее мать засмеялись. Стали выговаривать отцу, что он не должен был называть себя папочкой. Ведь он папочка только для своей дочери. А для других он должен был назвать свое имя.

– Ну это не важно, – сказала она. – Папочка у нас часто все путает. Не обращай внимания.

Прямо там же, еще в коридоре их квартиры, ее

мать стала говорить, что это все ерунда и что сейчас она расскажет про Завялова… И тут все засмеялись. И она, и ее мать, и папочка, и Костик.

Ее мать стала рассказывать про свою работу. Она говорила, что многие сейчас не понимают важности момента и что у них там работает один парень, который особенно этого не понимает. Она называла его Завяловым. Хотя, как он потом понял, настоящая фамилия его была Завьялов. Она считала, что этот Завялов – полный идиот. Стала объяснять, важности какого именно момента не понимает этот Завялов, что и как по-идиотски он делает и почему это все очень смешно. А потом сказала, что, в общем-то, это даже и не смешно, а очень грустно.

– Ой! – вдруг вспомнил ее отец. – Мы же вас позвали чай пить!

– Ой! – в тон ему воскликнула ее мать. – А мы бы без тебя и не вспомнили!

Все опять засмеялись. А ее мать сказала, что их папочка всегда может не вовремя перебить кого угодно.

Тут все, наконец, перешли из коридора в комнату, и все завертелось вокруг чая. Когда все сели пить чай, ее мать опять вспомнила про Завялова. Стала показывать, как он насыпает в чай сахар, как долго и с каким звоном размешивает его ложечкой, как выдавливает в чай лимон и с каким страшным присвистом потом этот чай пьет.

А отец стал расспрашивать его о том, что он делает на своей работе. И как только он начал рассказывать про систему, которую они разрабатывали, ее мама перебила его:

– Ага, так вы, значит, медик. Тогда я хочу

спросить вас…

– Он не медик, – заметил ее отец. – Он занимается компьютерной медицинской диагностикой.

– Папочка! – сказала ее мать. – Ты опять все перепутал. Ведь я спрашиваю не тебя. Какой же ты смешной!

– Папочка опять все перепутал! – сказал Костик.

На следующий день он проснулся с ощущением, что должен что-то изменить в своей жизни. Он не мог определенно сказать самому себе, что именно ему не нравилось в его жизни. Напротив, в последнее время все у него складывалось удачно. И не просто удачно, а очень здорово. Но его все-таки настораживало то, что последние перемены, пусть даже и очень хорошие, произошли у него как бы сами собой, без особого его участия. Что-то в моей жизни, думал он, пошло на самотек. Мне надо, думал он, перехватить инициативу.

Он поехал на работу. Вломился в кабинет к своему начальнику.

– Сан Саныч, – сказал он. – Вы, кажется, искали кого-то, кто смог бы поехать в Питер на долгое время?

– Ну, искал.

– Пошлите меня.

Сан Саныч долго выпытывал у него, что такое с ним прсизошло. Но ничего определенного он своему начальству так и не сообщил. В конце концов Сан Саныч отчаялся понять что-либо. И сказал ему, что он может начинать работать в Питере хоть с завтрашнего дня, потому что положение сейчас там довольно критическое. А они там уже утрясли с начальством все проблемы, и посланца из Москвы на первое время ждет какая-то небольшая комната. Он тут же дал Сан Санычу на это свое «добро». А тот велел собрать народ в обед – праздновать его отъезд.

На следующее утро он уже выходил из поезда на перрон Московского вокзала в Питере. С маленьким чемоданчиком в руке.

Этика стука

Романа взяли на работу в институт, где много лет трудился его старший брат. Он хорошо знал будущего начальника Романа. Тот искал человека на должность заведующего лабораторией, а Роман обладал всей необходимой квалификацией.

Это был сверхсекретный ракетный ящик. Роману с самого начала там все не понравилось. В отделе кадров с ним разговаривал мужчина с маленькими, быстро бегающими глазками и с манерами отставного военного. Во время разговора кто-то ему позвонил, и он отвечал краткими репликами: никак нет, будет сделано, так точно.

Кадровик вызвал начальника Романа, и тот повел его к себе в лабораторию – знакомиться. Дорога от проходной до лаборатории произвела на Романа удручающее впечатление. Там не было ни одного деревца или даже кустика. Нигде не было травы. Один голый потрескавшийся асфальт с многочисленными ямками, заполненными водой. Да и вода-то в этих ямках имела какой-то зловещий оттенок.

Помещение лаборатории оказалось не менее

мрачным. Деревянные полы с выломанными кое-где досками. Грязные стены, которые, как казалось, никто не приводил в порядок уже много-много лет. Начальник показал Роману стол, за которым он будет сидеть. Стол был ужасно старый. Один ящик не открывался. Другой открылся со скрипом, и в нос ударил запах несвежести.

Начальник стал знакомить Романа с его коллегами. А точнее – с подчиненными. Народ был молодой, и это прибавило Роману немного бодрости. Среди всех ребят он выделил девушку Веру. Она единственная, здороваясь с ним, улыбнулась. И ему это, конечно, понравилось.

С самого начала Вера влюбилась в Романа прочно и, как потом оказалось, безнадежно. Со временем ее отношение к нему стало настолько очевидным для всех, что она даже и не пыталась скрывать это ни от него, ни от окружающих.

Роман и Вера очень сдружились. Так что многие, кто не знал их близко, были уверены, что между ними явно что-то произошло. Но самые близкие их друзья знали, что дела у Веры беспросветные. А она говорила, что может ждать сколько угодно. И если эти ожидания будут напрасными, значит, такова ее судьба. Достаточно ли серьезно она это говорила – никто определенно сказать не мог.

Вера очень нравилась Борису, который работал у Романа в лаборатории. От Романа она, конечно, не скрывала, что Борис сильно приударяет за ней. И как-то сказала:

– Борис мне признался, что у него могут быть проблемы с женщинами. Зачем он мне это говорил?

– А зачем ты мне это говоришь? – спросил Роман.

– Не знаю.

– Ну вот и я не знаю, зачем он тебе это говорил.

Роман всегда считал, что с еврейскими ребятами он может вести себя достаточно свободно. И поначалу был не против сдружиться с Борисом. Однажды они даже ездили вместе за грибами. Но потом произошла какая-то непонятная история. Борис устроил у себя дома вечеринку. Когда гости стали разъезжаться по домам, пошел проводить одного из них. Возвращался обратно по привокзальной площади. Настроение у него было прекрасное. Увидел там двух носильщиков с тележкой, на которой они развозили всякие вещи. Попросил их покатать его на этой тележке. Попросил в шутку. Но носильщикам это не понравилось. Завязалась драка, и все закончилось в отделении милиции. Там был составлен протокол, где Борис был обозначен как зачинщик драки. Дело было передано в суд.

Как было положено тогда, милиция сообщила о происшедшем по месту работы. И как было положено, тут же было назначено комсомольское собрание, на котором был поставлен вопрос об исключении Бориса из комсомола и ходатайстве перед администрацией об увольнении его с работы. Роман на собрании вступился за Бориса, хотя и считал это совершенно бесполезным. Говорил, что до решения суда вообще нельзя сказать, кто прав, а кто виноват в этом инциденте.

К удивлению Романа, его доводы были приняты во внимание. Бориса из комсомола не исключили и с работы не выгнали. Позже суд признал Бориса виновным и осудил его условно. Но на работе на это никак не прореагировали. И Роман заподозрил что-то неладное. Потом время от времени обсуждал это с Верой. А она считала, что Роман зря что-то подозревает, и никак не могла поверить, что Борис связан с гэбэшниками.

В середине восьмидесятых Роман ушел из своего ракетного ящика. Решил, что он не должен быть связан ни с какими секретами. Надеялся, что когда-нибудь все-таки сможет уехать в Америку. Летом 91-го он понял, что пробил его час. Подал заявление на отъезд. В анкете он не указал свой ракетный ящик, отметил только последнее место работы. В стране в это время была страшнейшая неразбериха. Никто не поймал его на этой «неточности», и буквально через несколько недель он получил разрешение на выезд.

После того как Роман уехал в далекие края, он перезванивался с Верой. Однажды она сообщила ему, что в 92-м рассекретили какие-то гэбэшные списки. И оказалось, что он был прав: Борис стучал все это время, пока они там работали.

– Ну вот, – сказал он, – хорошо, что у тебя с ним ничего такого не случилось.

– А с чего ты взял, что у меня с ним могло что-то случиться?

– Ну, ты же мне говорила, что была бы с Борисом не так сурова, если бы он был чуть поумнее.

– Так я говорила это тебе. Понимаешь? Тебе.

– Ну, это был слишком тонкий намек. И вообще, я же был занят тогда.

– Мне ли не знать!

– Ну, а кто еще стучал? – спросил он Веру.

– Да чуть ли не каждый второй.

– У нас тоже?

– Нет, у нас только Борис.

– Михалыч, конечно, тоже стучал?

– Конечно. Но, ты знаешь, он меня как-то спас. У меня была там одна неприятная история, и меня хотели выгнать с работы. Так вот, он долго за меня бился и в конце концов отстоял. Я всегда считала его дубарем, а он проявил такое внимание ко мне. Бился, как за родную дочь.

– Не зря, значит, я ему помогал?

– Ты думаешь, тут есть какая-то связь?

– Теперь определенно так думаю.

В том же отделе, но в соседней лаборатории, работал бывший фронтовик, которого все звали Михалыч. Войну он прошел в гэбэшных войсках. Все это знали. Да он и не пытался ни от кого это скрывать. Конечно, все понимали, что он стучал на всех. Стучал он, как Роману тогда по какой-то причине казалось, беззлобно. Был он со всеми приветлив. И с Романом – тоже. В делах своих на работе он мало что понимал, и Роман ему иногда помогал по-соседски. Роману всегда нравились приветливые люди.

Михалыч его помощь очень ценил. И благодарил. А Роман, конечно, вполне отдавал себе отчет в том, что означают его благодарности. Но понимал, что у них есть свой предел. И уж, конечно, тогда, раньше, никак не мог себе представить, что эти благодарности могут распространиться и на Веру тоже. Теперь Роман неожиданно осознал, что те, кто стучал, могли иметь свои, этические, принципы стука.

Они еще поговорили с Верой о том о сем. Роман посетовал на то, что его жена запаздывает с родами уже на три дня. Хотел еще что-то к этому добавить, но разговор соскользнул на другую тему, и он так и не сказал Вере все, что хотел. И они распрощались.

А через пару дней Вере позвонила из Филадельфии их общая с Романом подруга. Сообщила, что жена Романа наконец-то разродилась и Роман назвал дочку Верой. А на ее вопрос, сообщил ли он это своей Вере, ответил, что был близок к этому, но постеснялся. А потом добавил, что, конечно же, позвонит ей.

На следующий день Вера пришла на работу. Туда, где они когда-то работали с Романом. Села на свое место. Дел у нее не было никаких. Она долго сидела, ничего не делая. А потом заплакала. И так просидела и проплакала весь оставшийся день. Потихонечку. Чтобы никто не видел.

Зинаида Сергеевна

Она была замужем. Я был женат. В институте мы работали в одном отделе. Начали работать над общей темой и как-то очень быстро сблизились.

Ее звали Зинаида Сергеевна. Отец ее занимал довольно высокий пост в нашем министерстве. Нравы у нас в институте были суровые, и считалось, что о нашей с ней связи никто не знает.

Мы занимались расчетом параметров и характеристик полупроводниковых приборов для радиоэлектронной аппаратуры. Она хорошо разбиралась в том, что делал я. Считала меня почти что гением. И мне это было очень приятно. Я знал, что делает она, и гордился ее успехами.

Мы с ней сняли небольшую комнату в коммуналке. Добираться до работы нам было очень удобно. Но все окружение там было довольно мрачным. В подъезде всегда было очень грязно, пахло кошками. Жили мы на четвертом этаже. Поднимались по лестнице с крутыми ступеньками. Наша комнатка, когда мы в нее въезжали, была в довольно запущенном состоянии. Единственное окно выходило на крышу соседнего дома, и в этом было мало что приятного. Хотя, если смотреть из окна под углом, можно было видеть небольшую часть улицы, на которой мы жили.

Мы думали, что нам делать дальше. Гадали, где и как мы могли бы купить кооперативную квартиру. С деньгами у нас было очень туго. Но мы уже прикинули, что деньги, необходимые для первого взноса, смогли бы занять. Однако, чего мы совершенно не представляли себе, – это где мы могли бы встать в очередь на квартиру. Она говорила, что ее отец мог бы нам в этом помочь. Но она боится даже подступиться к нему с такими разговорами.

Однако мы были счастливы и в нашей коммуналке. У нас было очень много общего. Ей нравились или не нравились те же книги и фильмы, что и мне. У нас были одни и те же любимые художники, писатели. Оба мы любили играть в теннис и не любили кататься на лыжах. Вот только музыкальные способности у нас были разные. У нее был превосходный слух, а у меня – весьма посредственный. Мы оба обожали летние байдарочные походы по несложным речкам. А когда дело доходило до песен у костра, мне было приятно выделять ее негромкий, но очень чистый голос среди всех других. Однажды я спросил ее, действительно ли у меня плохой слух. А она ответила, что слух у меня хороший и я должен этим пользоваться. Раз у меня хороший слух, то я должен больше слушать, а петь поменьше.

Мы почти одинаково судили о людях, которых знали. У нас были даже похожие предпочтения в еде. Оба мы любили селедку или кильку с жареной картошкой, не любили водку и с удовольствием пили ликер "Becherovka" и коктейли с кубинским ромом.

Мне было с ней так легко, как не было никогда и ни с кем больше. Она понимала меня с полуслова. По-видимому, и ей было тоже очень хорошо со мной. И как-то она сказала мне:

– Ты знаешь, я так счастлива теперь. У меня теперь каждый день – праздник.

Однажды я с утра был в другом институте. Там я делал доклад, и реакция на него собравшихся была для меня очень важной. Доклад мой прошел весьма успешно. Я знал, что она с нетерпением ожидает от меня известий. Но сразу позвонить ей не мог. Меня обступил народ, и еще час, наверное, были всякие разговоры вокруг моего сообщения. Наконец, я смог выбраться на улицу. Стал звонить ей из автомата. Трубку поднял Миша, парнишка, который ей помогал. Он сказал, что Зинаиде Сергеевне стало плохо и ее повезли в больницу на «скорой». Ее вызвалась сопровождать Наташа, ее близкая подруга.

Больше мне Миша ничего сказать не мог. Дал только название и адрес больницы. Я тут же поехал туда. В больнице все было организовано крайне бестолково. Только через полчаса я нашел окно регистрации. Там долго искали ее, переспрашивали имя и фамилию и в конце концов сказали, что она там не зарегистрирована.

Я опять позвонил на работу. Просил позвать Мишу. Он долго не подходил к телефону. Мне это стало очень не нравиться. Наконец он взял трубку. На мои вопросы не отвечал. Стал рассказывать, о чем он только что говорил с Наташей по телефону.

Я слушал его и ждал, пока он скажет мне что-то ужасное. И это ужасное было сказано.

Не знаю почему, я поехал на работу. Там все были подавлены. Нас собрали где-то. Не помню, что было со мной. Плакал. Наверное, даже больше, чем плакал. Так что один из моих друзей сказал мне, что я должен взять себя в руки.

Я поехал в морг. Но меня туда не пустили. Я стал настаивать. Просил пустить меня к ней. Говорил, что я ее муж и мне нужно с ней проститься. Парень, который открыл мне дверь, в конце концов велел мне обождать и ушел куда-то. Он долго не возвращался. Потом вернулся и сказал мне, что пустить меня все-таки не может. И прибавил, что даже если бы его начальство разрешило мне туда пройти, то он считает, что это было бы не очень хорошо именно для меня.

Я поехал в нашу коммуналку. Стал перебирать наши вещи. Ее вещи. Это было ужасно. Совсем недавно я даже не мог предположить, что на нас может обрушиться какое-то несчастье. И вот это случилось. И я начал осознавать, что теперь уже ничего изменить нельзя.

Потом были похороны, поминки. Там был ее отец. Мне сказали, что он что-то сердито выговаривал нашему начальству, косясь в мою сторону.

Меня кормили какими-то сильными таблетками, и я уже плохо понимал, что со мной происходит, и только считал, что на этом свете все для меня кончено.

В один из дней мне, по-видимому, перестали

давать таблетки. Через неделю я вышел на работу. Там меня куда-то вызвали, вроде бы посочувствовали, но сказали, что лучше мне было бы написать заявление об увольнении по собственному желанию. Это было для меня облегчением. Больше оставаться там я не мог. Я подписал все необходимые бумаги. Ко мне прикрепили девушку, которая стала помогать мне получить требуемые подписи на обходном листе. А когда я сказал, что больше всем этим заниматься не могу, она предложила мне просто посидеть и стала все оформлять за меня сама.

Когда я уже был готов уходить, ко мне потянулся народ – прощаться. Мне жали руку, трогали за плечо, что-то говорили. Я что-то отвечал им всем. Благодарил за сочувствие. Потом сказал, что мне пора идти. Все покинули меня. Я собрал свои вещи и вышел через проходную на улицу.

Был ясный весенний день. Светило солнышко. Было много народу. Все были заняты своими делами. И все было так, как будто ни у кого ничего не случилось.

Я медленно шел по тротуару, давил остатки льдинок и отвалившиеся от сугробов кусочки тающего снега. Думал о том, что, может быть, я сейчас проснусь и это все окажется только сном. И мне все время казалось, что я вижу, как в толпе людей, где-то там, на другой стороне улицы, в переливчатых блестках солнечных лучей идет моя Зинаида Сергеевна.

Стройотряд

Летом после окончания второго курса нам с Кириллом пришлось работать в колхозе. Работа летом в колхозе была тогда практически обязательным делом. Мы там что-то строили. Называлось все это стройотрядом. А руководила нами какая-то большая комсомольская шишка.

Алина, девушка из нашей с Кириллом группы, тоже была в этом стройотряде. Она работала поварихой. У нее был парень, Артем. Он учился в другом институте, но все мы были хорошо знакомы.

Мы планировали пойти всей компанией в байдарочный поход после нашего колхоза. Но потом это дело расстроилось. Алина с Артемом сказали, что хотят поехать на пару недель в Алушту. В прошлом году Алина провела какое-то время под Алуштой. Ей там понравилось. И вот теперь они с Артемом решили отдохнуть в тех краях.

У Кирилла была девушка, Наташа. Но она появилась у него не так давно. Я знал о ней от Кирилла, но мы еще ни разу с ней не виделись. А остальные наши ребята о ней вообще не знали. Алина, естественно, тоже. А когда в нашем стройотряде у нее с Кириллом началось что-то такое, мы отнеслись к этому не очень серьезно. И, конечно же, совершенно не представляли себе, до чего это все может дойти.

К концу нашего пребывания в колхозе всем уже было ясно, что Алина влюбилась в Кирилла. А он, хотя и сохранял все время определенную дистанцию между ними, вел себя несколько легкомысленно. Они могли пойти погулять вдвоем. Подолгу разговаривали друг с другом. А когда мы были все вместе, Кирилл часто отпускал всякие шутки в ее адрес. Было видно, что это ей ужасно нравится. И ей, по-видимому, стало казаться, что и он тоже питает к ней какие-то чувства.

Через месяц с небольшим мы вернулись в Москву. И Кирилл наконец осознал, что попал в какую-то сомнительную ситуацию. Алина все время пыталась продолжить общение с ним. Делала она это все настойчивее. А Кирилл, когда понял, что у нее это довольно серьезно, боялся ее огорчить. Под разными предлогами уклонялся от встреч с ней. Все оттягивал момент объяснения, от которого, как он начал понимать, уйти уже не сможет.

Никто из нас не знал, остались ли у Алины какие-то отношения с Артемом. И тут я случайно столкнулся с ним на улице. Он выглядел совершенно потерянным. Я сдуру спросил его про Алушту. На что он ответил, что поездка в Алушту «накрылась очень большим медным тазом».

Через несколько дней у кого-то из наших праздновали день рождения. Алина знала, что мы с

Кириллом идем туда, и просила меня сделать так, чтобы ее тоже позвали. Я от этого уклонился, поскольку ожидал, что Кирилл придет туда с Наташей.

Тем не менее, когда я появился на этой вечеринке, я увидел там Алину. Она была крайне оживлена и постоянно крутилась около Кирилла. А тот казался мне довольно мрачным. Кто-то спросил его, придет ли Наташа. И он ответил, что она запаздывает, но скоро будет. Алина слышала этот разговор, но, видно, не придала ему никакого значения. А Кирилл понимал, что должна наступить какая-то развязка, и мрачнел все больше и больше.

И вот появилась Наташа. Кирилл подошел к ней. Они обнялись. И хотя мне казалось, что никто, кроме меня, особенно не знал ситуации, тем не менее в этот момент стало тихо. Все замолчали и только бросали взгляды на Алину.

Она стояла около окна. Побледнела, покачнулась. Тарелка и бокал в ее руках стали крениться. Я хотел было помочь ей и направился в ее сторону. Она вроде бы удержалась на месте, полуприсев на подоконник. Но я все равно быстро продвигался к ней. И тут она осела на пол. Тарелка, бокал со звоном разбились, сигналя о большой беде, которая обрушилась вдруг на нашу бедную Алину.

Все бросились к ней. Обморок ее был коротким. Когда она пришла в себя, сказала, что хочет пойти домой. Кто-то из ребят вызвался проводить ее. Но она отказалась от чьей-либо помощи. Так и уехала одна.

После этой истории у Алины открылась какая-то

болезнь. Несколько раз ее клали в больницу, где она провела довольно много времени. Артем постоянно был при ней. Она ослабела и не смогла уже ходить в институт. Взяла на год академический отпуск.

От кого-то я узнал, что в больнице она выпила целую упаковку снотворного. Артем вовремя заметил это, и ее откачали.

На следующий год она перевелась в институт, где учился Артем. И больше мы не виделись. Перестали мы встречаться и с Артемом.

Я спрашивал о них у наших общих знакомых. Мне говорили, что Алина живет одна. И хотя Артем ее не оставляет, прежних отношений между ними уже нет, и, по всей видимости, они не предвидятся. На вопрос, не появилась ли у Артема девушка, мне отвечали, что об этом, судя по всему, не может быть и речи. И что он тоже живет один.

Прошло около десяти лет. От одного из общих знакомых я узнал, что Алина лет пять назад закончила учиться. Попробовала работать. Поняла, что жесткий рабочий график не для нее. Кто-то помог ей устроиться преподавать в том институте, который она закончила. Нагрузка у нее была небольшая, и это ее вполне устраивало. А совсем недавно она вышла замуж за своего бывшего студента. Вскоре после этого женился и Артем. На девушке из своего двора, которая никогда не была замужем. У нее было что-то не в порядке с ногой. Она сильно хромала.

Как-то, наверное еще лет через пять, мы встретились с Артемом у наших общих друзей. Он познакомил меня со своей женой. А сам куда-то отошел, оставив нас вдвоем. Его жена стала мне говорить, что слышала от Артема много хорошего обо мне и очень рада, что мы наконец-то познакомились. Она оказалась не такой уж дурнушкой, как ее описывали все наши общие знакомые. А когда улыбалась, то выглядела даже довольно милой.

Я спросил ее, как ей живется. И тут она заплакала. Я не знал, что делать. Ждал, когда она что-то ответит мне. А она, после того как немного успокоилась, сказала, что ее слезы были вызваны моим вопросом. И что она так счастлива с Артемом, что не может понять, почему и за что Бог решил ее наградить.

– Мне кажется, – сказал я ей, – что Бог и сам часто не знает, кого и за что награждает, а кого и за что наказывает. Так что наслаждайтесь своим счастьем, пока Бог не передумал.

Она с испугом посмотрела на меня.

Трефовый валет

Она пришла к нам из Электротехнического института сначала как практикантка, на летний период. Я прикрепил ее к одному своему молодому программисту, Володе. Мы занимались расчетом и моделированием электромагнитных полей. И Володя стал вводить ее в курс дела. Точнее, стал рассказывать ей всякие забавные истории, которые у нас время от времени случались. Показал, как работает аналоговая вычислительная машина. И она просто была поражена, как это с помощью всяких сопротивлений и конденсаторов можно имитировать реальные электромагнитные поля. Потом я слышал, как Володя говорил ей, что с аналоговой машиной не все так уж и гладко, и на простеньких примерах показал, насколько неустойчивы ее решения. Она была удивлена и этому тоже.

У нас ей, по-видимому, все очень понравилось. И Володя как-то сказал мне, что она хотела бы, чтобы по окончании ЛЭТИ ее распределили к нам. Месяц она работала под присмотром Володи. А потом ушла в свой институт. Доучиваться.

На следующий год я столкнулся с ней около

дверей отдела кадров. Она сказала, что пришла к нам на постоянную работу и что ее опять зачислили ко мне в лабораторию.

Она была молода и очень красива. А когда ей случалось улыбнуться, все наши мужики просто млели. Я опять отдал ее в помощницы к Володе. Видел, конечно, что она ему очень нравится. Но видел также, что он даже боялся ей это показать, поскольку совершенно не верил в то, что она может обратить на него какое-то внимание.

Я не ожидал от нее больших достижений. Однако с ее приходом общий тонус в моей лаборатории очень поднялся. И я считал, что хотя бы только поэтому ее существование у нас оправданно.

Народ в лаборатории работал молодой. Отношения были простыми и дружескими. Все были друг с другом на «ты». Но с ней мы практически не общались, если не считать тех общих разговоров, в которых она принимала участие. За ее работой я совсем не следил, всецело передоверив это Володе. А когда через год он сказал мне, что она начала делать кое-какие успехи и даже стала приносить нам какую-то пользу, я был за нее очень рад.

Однажды она спросила у меня, правду ли говорят, что я могу выиграть у любого в подкидного дурака много раз подряд, даже если мне приходит плохая карта. Я ответил, что это правда. А она сказала, что не верит этому, и выразила желание сыграть со мной.

– А разве тебе в отделе кадров не говорили, что на рабочем месте в карты играть нельзя? – спросил я.

– А в обед?

– В карты не стоит играть и в обед.

– А кто же об этом узнает?! – сказала она.

Я согласился сыграть с ней в дурака в обеденный перерыв. А кто-то из наших предложил нам играть на поцелуи.

– Как это? – спросила она.

Ей объяснили, что это значит. Сначала она решительно отказалась. Но потом, почти сразу же, передумала и объявила, что согласна играть и на поцелуи.

Мы сыграли, кажется, пять или даже больше партий. Она все проиграла. Когда последняя партия закончилась, она задумалась и сказала:

– Как же так? У меня были, кажется, все козыри, кроме валета треф.

– А ты что же, не знаешь, что козырной валет – самая главная карта? – спросил я. И тут же сказал, что если она хочет у меня выиграть, то нам надо играть в пьяницу, где ни от кого ничего не зависит.

Мы сыграли в пьяницу, и она, наконец, выиграла у меня.

Следующие несколько дней она выглядела необычно. Была рассеянна, думала о чем-то. Один из наших ребят спросил ее, не пытается ли она понять, почему козырной валет является самой главной картой. Но она ничего не ответила на эту шутку.

В самом конце недели, в пятницу, когда все уже ушли домой, она спросила меня, собираюсь ли я отдавать ей свой долг.

– Какой такой долг? – спросил я.

– Карточный долг. Ты что, не знаешь, что карточный долг – это долг чести?

– Но я выиграл у тебя.

– Значит, я должна тебя поцеловать? – спросила она.

– Нет, не должна.

– Почему?

– Я тебя прощаю.

– А я тебя – нет, – сказала она. – Ведь я выиграла одну партию.

Тут она стала мне говорить, что это мое право, простить ее или нет за все выигранные мною партии. Но одну партию выиграла она, и она прощать меня не собирается.

Она была намного моложе меня, и я пытался обратить все это дело в шутку. Но она все твердила о карточном долге чести. И я, наконец, сказал, чтобы она подставляла мне свою щеку.

Щека ее немедленно была мне подставлена. Но когда я попытался поцеловать ее, она как-то извернулась и подловила меня с настоящим поцелуем. И тут она совсем неожиданно для меня сказала со вздохом: «Наконец-то!»

Меня это растрогало.

А ей, по всей видимости, стало казаться, что между нами что-то определенно произошло. Но когда она попробовала подойти ко мне опять, я уклонился от этого самым решительным образом.

– Ты же выиграла только одну партию, – я еще пытался обратить все в шутку.

– Ну что ж, – сказала она, – я не подойду теперь к тебе никогда в жизни!

И тут, то ли потому что я почувствовал за собой какую-то вину перед ней, то ли по какой-то другой причине, но мне стало неприятно, что она на меня обиделась, и я сам подошел к ней. С этого дня наш роман начал стремительно развиваться.

Нашу с ней связь трудно было скрыть. По тому, что мои отношения со многими нашими сделались более прохладными, я понял, что в нее были тайно влюблены почти все мои друзья на работе.

Чем дальше, тем больше я начинал понимать, что она становится для меня совсем не безразличной. Но одновременно с этим я тяготился нашей связью. Моя непростая жизнь делалась еще более сложной. И вот однажды, когда мы поссорились из-за какой-то ерунды, я не стал искать примирения. Несколько дней мы не разговаривали. А потом мне пришлось уехать в командировку на неделю. Когда я вернулся, она пыталась помириться. Но на все ее попытки я отвечал решительным отказом.

Поначалу она переживала наш разрыв. Но со временем остыла. И даже, как мне казалось, стала принимать знаки внимания со стороны наших ребят.

Она проработала у нас еще несколько месяцев. А потом неожиданно объявила о своем уходе.

После того как она ушла, кто-то из наших еще поддерживал с ней отношения. От них я узнал, что она вышла замуж. Родила двух мальчиков. Муж стал хорошо зарабатывать в 90-х. Но как-то он поехал по делам в Новокузнецк и не вернулся. Его там убили.

Она вновь вышла замуж и уехала на родину

мужа, в Эстонию. Они работали там в рыболовецком хозяйстве. Жили бедно.

Однажды она оказалась в Питере. Позвонила мне. Звонок ее был для меня неожиданным. Я не мог свободно с ней говорить. Она была очень этим недовольна и сухо распрощалась со мной.

А потом ее след потерялся для меня.

*   *   *

В последний ее день у нас на работе, когда все мои ребята ушли и оставили нас одних, она сказала:

– Ну что ж, давай прощаться.

– Давай, – сказал я. – Желаю тебе устроиться хорошо на новом месте. И вообще, пусть у тебя все будет хорошо.

– И это все? Вот так ты со мной прощаешься?

Я подошел к ней. Мы поцеловались. И немного постояли, обнявшись.

– Будешь меня вспоминать? – спросила она.

– Конечно, – сказал я.

Она пошла к дверям. Там оглянулась на меня и сделала какое-то неясное движение губами. Потом вышла и осторожно прикрыла за собой дверь.

Все внутри у меня разрывалось на части. Мне хотелось выть от отчаяния. Я готов был броситься за ней. Но я не знал, что скажу, когда догоню ее. И я стоял на месте, закрыв лицо руками.

часть

вторая

Бусы на день рождения

В тот год в конце июля стояла страшная жара. Асфальт на тротуарах плавился. Во всех домах окна были открыты, и люди спасались тем, что устраивали сквозняки в своих квартирах. Кое-где в окнах стояли вентиляторы, они гнали теплый воздух внутрь.

Это был день ее рождения. Он ушел с работы раньше обычного. Они договорились, что она приготовит что-то и они отметят этот день дома. А потом поедут покупать ей бусы, которые она присмотрела уже давно и которые ей очень нравились.

Но все получилось иначе.

Они о чем-то заспорили. Он не сдержался, нагрубил ей. Она сразу сникла. Сидела молча. А потом сказала, что говорила недавно с его мамой и та дала ей понять, что их напряженные отношения в последнее время могут быть из-за Вероники.

– Это так? – спросила она.

– Да, – ответил он неожиданно для самого себя.

Ее плечи упали.

Они долго молчали. Никто из них не мог

вымолвить ни слова. Она пыталась осмыслить то, что случилось, и никак не могла этого сделать. А он с ужасом думал о том, на какой шаг он только что решился.

– Вот ты уже и не мой стоишь, – сказала она.

Он подошел к ней. Обнял ее. Она обняла его. Они долго стояли так, обнявшись, и плакали.

– Пойдем куда-нибудь, – сказал он, – мы же хотели купить тебе бусы.

Они долго бродили по улицам. Он все время что-то говорил, потому что понимал, что в паузах они будут думать об одном и том же. А он не мог этого вынести. Она тоже говорила что-то и тоже не терпела молчания. А когда у них все-таки повисали секундные паузы, ей становилось страшно.

Они заходили в магазины. В одном из них он купил ей те самые бусы, которые она присмотрела уже давно. И вроде бы получалось так, что ничего не случилось. Но они оба все-таки знали, что это не так.

Они расстались. Она осталась жить там, где они до этого жили вместе с ее мамой, а потом – одни, когда мама от них уехала. А он переехал к Веронике. Но вскоре все с удивлением узнали, что он снял для себя маленькую квартиру недалеко от работы. И все стали гадать, что же это могло означать и что теперь будет.

Когда-то они купили небольшую картину, которая вроде бы принадлежала кисти Константина Коровина. Деньги за нее просили совсем небольшие. Но для них и такие деньги представляли проблему. Кроме того, картина эта ей не нравилась. На ней был изображен какой-то маленький домик. Она говорила, что картина мрачная, темная. Стала называть ее «Ночной сарай». Но он все-таки уломал ее купить эту картину. Был уверен, что когда-нибудь она будет стоить в двадцать раз дороже. Когда они разъехались, она уговорила его забрать «Ночной сарай» с собой. Говорила в шутку друзьям, что теперь это ее единственное утешение. Наконец-то эта темная противная картина больше не раздражает ее.

Для друзей их разрыв не выглядел однозначно. Все знали, что они звонили друг другу чуть ли не каждый день. Он мог зайти к ней домой после работы. Они часто бывали вместе у их общих друзей. При этом могли даже прийти вдвоем. Там они могли развалиться на диване, и он обнимал ее по-дружески. А когда она смотрела на него, ее глаза блестели. Когда они уходили, друзья начинали гадать, что же это все может означать. Надеялись, что со временем они опять будут вместе.

Они оставались очень близкими друзьями. Но когда были одни, вели себя несколько сдержаннее. Он не обнимал ее по-дружески, и глаза ее не блестели уже так ярко.

Однажды он пришел к ней и вывалил на стол огромную кучу денег.

– Что это? – спросила она.

– Я продал «Ночной сарай».

– Как? Он же тебе так нравился. Неужели его кто-то купил?

– Представь себе.

– Но не в двадцать раз дороже.

Тут он сказал ей, что продал «Ночной сарай» в сорок раз дороже. И вот принес ее долю и долю ее мамы. А она стала ему говорить, что всегда знала, что от него можно ожидать что-то необычное, но на сей раз он удивил ее сверх всякой меры. Он ей ответил на это, что у него есть еще кое-что неожиданное.

– Что же? – спросила она.

– Я хочу выдать тебя замуж.

– За кого же ты хочешь выдать меня? – спросила она.

Он назвал своего самого близкого друга.

Она засмеялась:

– Ты ничего не понимаешь. Я не могу даже представить себя с другим мужчиной. И, ты знаешь, я никогда не смогу увидеть тебя с другой женщиной. Никогда!

Их друзья продолжали надеяться, что у них что-то может срастись. Особенно после того, как он расстался с Вероникой. Но этого не произошло. Через два года он женился вновь, а она вышла замуж за его самого близкого друга. Еще через год у нее родился мальчик, а потом, еще через год, – девочка. Он ездил к ним на все их дни рождения. И все были счастливы. Но он всегда приезжал один. Она так и не смогла пересилить себя, и когда звала его, извинялась и просила приехать одного.

– Прости, пока еще не могу, – говорила она. – Может быть, в следующий раз.

Аня Соколовская

Это был вечер встречи нашего класса. Его устроители хотели, чтобы пришли все. Поэтому выбрали ресторан невысокого разряда. И меню было скромное. Заказали немного вина. А водку, конечно, принесли с собой.

Вечер проходил довольно вяло. Ко мне за столик подсаживались одноклассники и долго что-то говорили о своей послешкольной жизни. Спрашивали о чем-то и меня, но потом перебивали и продолжали рассказывать о себе. Кто-то стал известным тренером по боксу. Кто-то занимался секретными атомными делами и даже успел получить небольшое почетное облучение. Кто-то добился расположения одной нашей одноклассницы, которая считалась у нас первой красавицей. Двое защитили кандидатские диссертации. А один из наших, Игорь Харитонов, который учился, пожалуй, хуже всех, но отличался завидной мускулатурой, по секрету рассказывал всем, что после армии его взяли в КГБ. И что он там занимает сейчас ответственное положение. Ну и все были очень рады за Игорька. Ведь в школе считалось, что дела его совсем никудышные.

Особенно был рад за Игоря я. Он меня когда-то здорово выручил. Мы были тогда в девятом классе. И ко мне стали задираться какие-то шпанистые ребята. Им не нравилась моя еврейская физиономия. И вот при очередной стычке с ними, когда двое из них стали ко мне назойливо приставать, рядом оказался Игорь. Не раздумывая долго, он пришел мне на помощь, и мы побили этих двоих. А когда к ним присоединился третий, мы отметелили всю эту компанию. Больше никто из них ко мне уже никогда не задирался.

На вечере я подошел к Игорю, и он мне тоже стал рассказывать о своей службе в КГБ. Он не говорил прямо, где работает. Но к тому моменту, как я подошел к нему, все уже знали об этом. И он знал, что все это знают. А я с изумлением обнаружил, что не испытываю к нему никаких неприязненных чувств из-за его связи с организацией, которая была мне так ненавистна. Более того, только после разговора с Игорем я смог немного расслабиться и перестал чувствовать себя неуютно. А вообще, мне было там довольно грустно.

Я все хотел подойти к Ане Соколовской. Ведь я и пришел-то на этот вечер во многом ради того, чтобы повидаться с ней.

Она училась в нашем классе только два полных года. А в начале третьего шумно подралась прямо в школе с одной из наших девиц. Та была дочкой какой-то большой шишки в Министерстве образования. И Аню перевели в параллельный класс. А потом все семейство большой шишки переехало куда-то. Их дочь ушла из нашей школы. Вскоре после этого и Анина семья переехала в другой район, и я уже больше ничего не слышал о ней.

Когда готовился наш вечер, я все спрашивал про Аню. И узнал, что она отказалась пойти на вечер встречи параллельного класса и собиралась к нам. Пока она еще не появилась, я, конечно, все время поглядывал по сторонам, ожидая ее.

И вот она, наконец, пришла. Но подсела за столик совсем в другом конце нашего небольшого зала. Меня она вроде бы даже и не заметила. А я все время бросал взгляды в сторону ее столика. В какой-то момент я решился подойти к ней. Пригласил танцевать. Она как будто ждала этого и с готовностью пошла со мной.

Мы направились к танцевальной площадке. Там было всего три музыканта. Но они производили достаточно много шума.

Во мне еще жил детский страх перед Аней, и мы танцевали, почти не касаясь друг друга.

Не помню, о чем мы говорили в первые минуты. А потом она спросила:

– Ну, кем ты стал?

К тому времени я был уже довольно известным хирургом. И мне казалось, что все об этом знают. Но она, видимо, не знала. Я переспросил ее:

– Кем я стал?

– Ну, чего ты достиг?

И тут, может быть потому, что я уже устал слушать от других наших об их успехах в жизни, а может быть потому, что этот ее вопрос оказался для меня неожиданным, я сказал ей, что ничего особенного не достиг.

– Надо же! – удивилась она. – А ведь все ожидали от тебя так многого. Ведь ты же был гением. Моя мама всегда ставила мне тебя в пример.

Какое-то время мы танцевали молча.

– А знаешь, ведь я был в тебя влюблен в школе.

– Правда?

– Да, очень сильно.

– Как? Почему же ты мне раньше не сказал об этом? Тебе надо было мне это сказать.

Она стала говорить что-то еще. Но было очень шумно, я не расслышал и переспросил.

– Тебе надо было сказать мне об этом, – повторила она.

Музыканты устроили себе перерыв. Их позвали поесть. Потом они вернулись. А когда начали играть, я опять подошел к Аниному столику.

Мы пошли танцевать. После первого танца мы не ушли с площадки. А когда начался второй, я почти сразу предложил Ане уйти с вечера. Она тут же согласилась.

Днем было очень жарко, а когда мы вышли из ресторана, шел дождь, который почти тут же кончился. Жара спала. И мне было чертовски приятно наконец-то побыть с Аней вдвоем, бродить по весенним улицам, никуда не торопиться и не думать, как раньше, о том, что вот сейчас она может куда-то уйти.

Она стала мне рассказывать, что с мужем уже давно развелась и что с тех пор у нее, в общем-то, никого не было. Что сын у нее непутевый. И она почему-то часто сравнивала его со мной, с тем, давнишним мной. И от этого сравнения всегда очень огорчалась. А я слушал ее и почти ничего не говорил о себе.

Я проводил ее до дома. Она предложила зайти к

ней. Предложила не очень уверенно, так что мне легко было отказаться. Мы поцеловались. Вернее, расцеловались. Я записал ее телефон и обещал позвонить, чтобы повидаться опять.

Следующие несколько дней я вспоминал о нашей встрече. Разглядывал бумажку с номером Аниного телефона. Но звонить ей не стал.

С Аней Соколовской мы больше никогда не виделись. Но время от времени я узнавал о ней от общих знакомых.

Когда нам всем было уже много-много лет, мы перезванивались и рассказывали друг другу, кто что делает и у кого какие проблемы. Но со временем звонки стали все реже и реже. А потом разговаривать было уже почти и не с кем. И я не знал, живет ли еще на этом свете Аня Соколовская.

*   *   *

Когда мы еще учились с Аней в одном классе, все мы любили писать друг другу всякие записочки. И мой самый близкий школьный товарищ, с которым мы всегда сидели за одной партой, показал мне, о чем они переписывались с Аней. Он написал ей, что она слишком часто поглядывает на его друга. А она ответила ему, что у нее есть кое-кто и получше, чем его друг. И эта записочка расстроила меня неимоверно.

Наверное, через полгода, когда мы были уже в разных классах, моя мама вернулась откуда-то домой и сказала, что встретила на улице Аню Соколовскую с мамой и что они спрашивали обо мне. Это сообщение ужасно меня взволновало. А мама посмотрела на меня и спросила, почему я покраснел. Я почувствовал, что от маминого вопроса я стал краснеть еще больше. И сказал, что вспомнил, что сделал ошибку в школьном сочинении, и вот теперь не знаю, заметит ли ее наша учительница или нет.

Когда мама отошла от меня, я достал фотографию нашего класса, которую нам всем раздали в конце прошлого учебного года, и стал ее разглядывать. Аня была высокой и поэтому стояла в последнем ряду. Рядом со мной. Фотография была не очень хорошего качества. Все лица были маленькими и плохо пропечатанными.

Я пытался вглядеться в Анино лицо, и в моей грудной клетке что-то сильно-сильно сжималось.

Покер Маяковского

Кирилл и Данила были неразлучны еще со студенческих времен. И хотя их имена вроде бы не были очень уж похожи, многие почему-то их путали. Объединяло их то, что оба очень любили играть в покер. И пока они учились в институте, играли почти каждый день.

Когда учеба закончилась, их дороги разошлись. Но они продолжали играть в покер. Теперь уже только раз в неделю, по четвергам.

Кирилл все время хотел уехать из страны и на свою научную карьеру не обращал никакого внимания. Последние годы был в отказе. С работы его выгнали, и жизнь у него была нелегкой.

А Данила быстро защитил кандидатскую диссертацию, а потом, уже не так быстро, смог защитить и докторскую. Когда-то после защиты полагалось устраивать банкет в ресторане. На него звались все друзья и родственники новоиспеченного доктора наук. Кроме того, туда приглашались все, кто имел прямое и даже не очень прямое отношение к защите: оппоненты по диссертации, ученый секретарь и ведущие члены Ученого совета, коллеги. Но к тому моменту, когда защитился Данила, все изменилось. Диссертационные банкеты были запрещены. А за нарушение этого запрета власти грозились отменять результаты защиты.

Данила разрешил эту проблему очень просто. Так получилось, что защита состоялась за неделю до дня его рождения. Ну он и позвал всех через неделю праздновать день рождения. Пригласил всех, кого надо было, включая оппонентов и членов Ученого совета. И Кирилла, естественно, тоже.

В ресторане он посадил Кирилла за стол рядом с их общей однокурсницей. Когда-то она оказывала Кириллу определенные знаки внимания. Да и он тоже вроде был слегка влюблен в нее. Но потом что-то проскочило между ними. Что-то такое, что Кириллу тогда не очень понравилось. Но пока он раздумывал над этим, и в его, и в ее жизни произошли перемены.

Они долго не виделись. Потом он встречался с ней пару раз у Данилы. Она приходила со своим мужем и маленькой дочкой. И вот теперь Кирилл сидел рядом с ней на банкете.

Празднование проходило скучно и бестолково. Все это чувствовали. Пытались внести какое-то оживление своими выступлениями. Но то, что казалось удачным для выступающего, наводило еще большую скуку на всех остальных.

– А что же ты молчишь? – вдруг обратилась она к Кириллу, когда вечер уже перевалил за половину, – скажи тоже что-нибудь.

– Изволь, – ответил он. – Однажды играли…

– … в карты?

– Да, у конногвардейца Нарумова. А как ты догадалась?

– А о чем еще ты можешь говорить? Я про тебя все знаю.

Они помолчали. А потом она сказала:

– Я знаю про все твои проблемы. Все время тебе сочувствовала. Но никогда не решалась позвонить.

– Спасибо, – сказал Кирилл.

Они опять какое-то время помолчали.

– А я тоже про тебя все знаю. Вот только не знаю, сочувствую я тебе или нет.

– Что же ты про меня знаешь?

– Ты разошлась с мужем по политическим соображениям.

– Ах, если бы! В том-то и дело, что не было никаких, как ты говоришь, политических соображений.

– Вот как?

И она начала рассказывать Кириллу о себе.

Ее муж был неплохим растущим математиком. Он работал на мехмате Московского университета, и там для него сложилась очень неприятная ситуация. Она рассказывала Кириллу в общем-то известные для него вещи. Стала говорить о том, как некто Садовничий, который в свое время был комсомольским вожаком мехмата, и его сподручные расправлялись на вступительных экзаменах с еврейскими абитуриентами. Загоняли их в отдельные аудитории, которые в народе называли газовыми камерами, и заваливали с помощью садистских приемов: давали задачи, которые и сами едва ли смогли бы самостоятельно решить. А ее муж был частью этого процесса.

Она была наполовину еврейка. И она спрашивала мужа, а что же он скажет, когда их дочь подрастет, будет поступать к ним, и ее тоже определят в газовую камеру. Он отвечал, что такое вряд ли случится, поскольку у них про жен мало кто знает. А раз она еврейка по матери и носит фамилию своего русского отца, то об этом точно никто не узнает. А если даже кто-то и раскопает это, то он не сомневается, что ему пойдут навстречу и дадут возможность их дочери сдавать экзамены на общих основаниях. Вот недавно он узнал, что один известный математик, который пользовался у всех большим уважением, добился того, чтобы его сын в подобной ситуации сдавал экзамены на общих основаниях.

Он говорил ей, что ему самому противно участвовать во всем этом. Но у него безвыходное положение. Надо подождать, пока он защитит докторскую. Вот тогда он будет чувствовать себя независимым от всей этой банды и откажется работать в приемной комиссии.

Еще он говорил ей – смотри, мол, ты ведь идешь голосовать за них на выборах. И не потому, что они тебе нравятся. Просто ты не хочешь портить себе жизнь.

– Ну так, может быть, действительно надо было подождать, пока он защитит докторскую, – сказал Кирилл, – подгадать защиту ко дню рождения, потом отпраздновать это дело, и все было бы как у всех. Получается, значит, что разногласий у вас, собственно, и не было…

– Да нет! Дело уже было совсем не в этом.

Она помолчала немного и добавила:

– А может быть, и в этом тоже.

Кириллу ужасно хотелось побыть с ней вдвоем после банкета. Он уже настроился проводить ее до метро и спросил:

– Можно, я как-нибудь позвоню тебе?

Она ничего не ответила, и он не понял, то ли она раздумывала, что ответить, то ли не расслышала, о чем он спросил. Там было ужасно шумно. Но Кирилл решил, что повторять свой вопрос не будет.

Народ начал расходиться. Они тоже стали прощаться. Она сказала, что спешит, поскольку ей надо забирать дочку у подруги. Кириллу это ее замечание понравилось, он принял его как некоторое извинение за то, что она не может больше оставаться с ним. Они обнялись на прощанье. Она дотронулась до пуговицы на его пиджаке и сказала:

– Ты простишь меня за то, что я не ответила тебе? Там было так шумно… Конечно же, я хочу, чтобы ты мне позвонил.

Через пару недель Кирилл в очередной четверг пришел к Даниле домой. Они играли в покер допоздна. Играли, как всегда, по мелким ставкам. Так что никто никогда не оставался в крупном проигрыше. Время от времени выпивали по стопарику самогонки и закусывали маленькими кубиками посыпанного солью и высушенного в духовке бородинского хлеба.

Они играли в покер Маяковского – колодой из 52 карт без джокеров. На самом деле никто из них не знал точно, играл ли Маяковский в такой покер или нет. Но кто-то им сказал, что он любил так играть, и все они в это верили.

В самом конце вечера произошла совершенно невероятная история. У Кирилла на втором кругу оказались на руках валет, десятка, девятка, восьмерка и семерка пик. Это была одна из сильнейших комбинаций. Ставка в пять фишек у них была максимально возможной. И он бросил на кон все пять. Все тут же побросали карты, а Данила ответил пятью фишками и добавил еще пять. Кирилл поставил пять и пять. Данила сделал то же самое.

Комбинация у Кирилла в игре без джокеров была очень сильной. Но он не мог быть уверен в выигрыше до самого конца. Тем не менее он продолжал ставить пять и пять фишек. В какой-то момент, со словами – ладно уж, пожалею тебя – Данила закрыл игру и стал неторопливо выкладывать свои карты на стол. У него была невероятно сильная комбинация: четыре дамы. Когда он положил на стол первую из них – пиковую даму, – Кирилл понял, что победил. Но он все-таки дождался, пока Данила выложит на стол все свои карты. Никто уже не сомневался, что Данила выиграл этот кон, но всем было интересно, что же собрал Кирилл.

Он стал выкладывать на стол свой стрит-флэш. И когда выложил последнюю карту, сказал Даниле:

– Ваши дамы биты.

Все повскакали со своих мест. Кто-то одобрительно хлопал Кирилла по плечу. Кто-то говорил какие-то слова утешения Даниле. А тот вроде бы совсем не был расстроен. Со всеми вместе удивлялся такой абсолютно невероятной встрече двух сильнейших комбинаций и со всеми вместе поздравлял Кирилла.

Потом, когда уже все ушли, Данила сказал

Кириллу, что звонила их общая знакомая и жаловалась на него.

– В чем дело? – спросил Кирилл.

– Говорила, что ты куда-то пропал. Не звонишь.

– Да я один раз ей позвонил, но у нее дочка была больна, – сказал Кирилл. – Понимаешь, я принял это как знак свыше. Ну и решил больше ей не звонить.

– Да ерунда какая-то. Какой еще знак свыше? Это тебе не покер. Здесь думать много не надо.

Тут Кирилл сказал ему, что дело не только в этом. А еще в том, что она взяла его за пуговицу. Там, у выхода из ресторана. И что в тот момент он вспомнил, как много лет тому назад она тоже взяла его за пуговицу пиджака. И, когда говорила с ним – и тогда, давно, и недавно, у ресторана, – все крутила и крутила эту пуговицу в руке.

– Понимаешь, я тогда, давно, все думал: что это может означать? И пока я думал… Ну, в общем… тогда, давно, все у нас и расстроилось.

– А, так дело в пуговице? – спросил Данила.

Кирилл ничего не ответил, и они немного помолчали.

– Ну, пуговица – это другое дело. Может, ты и прав. Тут я – пас.

Они помолчали еще.

– Пуговица – это совсем другое дело, – опять сказал Данила.

Мыши

Денег у меня не было совсем, и я плохо понимал, что я мог бы с этим сделать. Я работал уже более пяти лет в «Скорой помощи». И надежд на то, чтобы поступить в медицинский, становилось с каждым годом все меньше и меньше. Время от времени я решал, что должен что-то круто изменить в своей жизни. Но что именно должно было в ней измениться, я, к сожалению, не знал.

К тому моменту я уже разошелся с женой. Почти все, что я зарабатывал, отдавал ей. Как я умудрялся существовать на мою мизерную зарплату – трудно было понять. А мне надо было снять квартиру. И я совершенно не представлял себе, где, как и на какие деньги я ее сниму.

Одно время я надеялся уехать из страны. Но после развода это означало бы полностью потерять своих детей, и мне пришлось с этой идеей распрощаться.

И вот в тот момент, когда я гадал, что же мне теперь делать, выяснилось, что друзья моих друзей уехали на два года в Париж. Свою квартиру они сдавать не захотели. Попросили там жить и присматривать за ней учителя, который преподавал французский их детям. А у него была комната в коммуналке. И вот эту комнату он готов был мне сдать за какую-то совсем небольшую плату.

Комната оказалась маленькой. Там жили мыши. И я несколько дней потратил только на борьбу с ними. Когда я привел там все в порядок, она стала приходить ко мне. Приходила ненадолго, на полдня. Потом уходила. И опять приходила.

Когда она уходила, я мог бы поехать к детям. Я очень скучал без них. Моя бывшая жена не возражала даже, если бы я остался у них ночевать. Но я боялся, что это может быть воспринято ею как-то не так. А мне этого очень не хотелось. Поэтому я оставался в своей комнатке. И по ночам слушал, как шуршат мыши.

А днем она продолжала ко мне приходить.

Куда она потом делась? Почему мы расстались? Как это все закончилось? Уже не помню.

Красновидово

Закончилась зимняя университетская сессия. Мы с друзьями решили поехать на каникулы в студенческий дом отдыха. Это заведение принадлежало Московскому университету. Расположено оно было на берегу Можайского водохранилища, в 120 километрах от Москвы, в деревне Красновидово. Те, кто уже побывал там, говорили, что воздух в тех краях такой чистый, что голова начинает кружиться.

С нами в одной комнате поселили симпатичного парнишку. Он тоже, как и мы, учился на мехмате, но был на два года моложе нас. Мы быстро подружились. Я стал ему рассказывать, кто такие все наши преподаватели, какие на мехмате традиции, и вообще поведал много разных баек про университетскую жизнь. Огорчил слегка, сказав, что больше такой счастливой сессии, как самая первая, где были только математические предметы, у него никогда не будет.

По поводу «счастливой сессии» он заметил мне, что очень многие его однокурсники не смогли справиться с математикой и сейчас либо находятся в подвешенном состоянии, либо уже отчислены из университета.

Мы поехали в Красновидово чисто мужской компанией. Наш новый знакомый тоже был один, без своей девушки. Она собиралась было поехать с ним. Но в последний момент у них что-то стряслось, и она осталась в Москве.

Днем мы катались на лыжах. Перед ужином играли в преферанс. Выпивали при этом «Российского полусладкого». Бутылку на всю нашу компанию. «Российское» мы привезли с собой. Знали, что оно может запросто подкиснуть. Поэтому держали в прохладном месте – между оконными рамами.

Вечером мы спускались в танцевальный зал. Проигравшие в преферанс должны были пригласить на танец кого-то по выбору выигравших. Тариф придумал я: за каждые проигранные 100 вистов – один танец.

Все время, что мы там были, наш молодой друг не принимал участия в преферансных играх. И только за день до того, как надо было покидать Красновидово, решил подключиться к нам. Мы держали наше соглашение о танцах в строгом секрете. Но он знал о нем. Конечно, он понимал, что играет очень слабо и что обязательно проиграет. Поэтому решился сыграть с нами, предварительно взяв с меня слово, что мы будем выбирать для него только привлекательных девушек.

Вечером, когда мы спустились в танцевальный зал, я указал ему на, пожалуй, самую симпатичную девушку. Выглядела она очень мило. К тому же на ней было облегающее платьице, которое эффектно подчеркивало ее замечательную фигуру.

Он был рад моему выбору и даже пожал мне

руку в знак благодарности. Когда танец закончился, он подошел ко мне и спросил, каков же будет мой следующий выбор. Я опять указал ему на ту же самую девушку. Он снова пригласил ее.

Потом, когда я предлагал ему пригласить ее еще и еще раз, он уже не пожимал мне руку. Наоборот, просил изменить мой выбор. Но я настаивал на своем.

А она уже не скрывала от него, что он ей ужасно понравился, и, конечно же, думала, что и она ему тоже очень нравится. И только все время спрашивала, почему же он не открывался ей до последнего дня, почему никогда до этого не приглашал ее танцевать.

Он немного рассердился на меня. Но потом, видно, решил, что хотя я и надул его слегка, но все, в общем-то, было более-менее в рамках справедливости.

Он сказал, что обменялся с девушкой телефонами. И хотя определенно знал, что звонить ей не будет, пообещал, что в Москве они обязательно встретятся.

– А что я мог еще ей сказать? – спросил он меня.

В Москве она звонила ему несколько раз. Но он с разными отговорками уклонялся от встречи.

Как-то в большой аудитории на биологическом факультете артисты московских театров давали концерт. Она знала, что он туда пойдет. Достала билетик и, ничего не сказав ему заранее, тоже пришла туда. Он вовремя заметил ее и смог убежать с вечера так, что она даже не успела увидеть его. На следующий день он рассказывал мне об этом и выглядел он довольно растерянно.

В другой раз он столкнулся с ней в коридоре мехмата. Она, по-видимому, придумала что-то правдоподобное для объяснения, почему она там оказалась. Он не пошел на второй час лекции и просидел с ней в какой-то пустой аудитории. Как потом он признался мне, ему с ней было очень хорошо. И он даже не возражал бы, если бы это их нечаянное свидание продолжалось долго-долго.

По окончании второго часа они вместе подошли ко мне, и он сказал, что готов ехать на встречу. Ни на какую встречу мы ехать не собирались. Но я, конечно, подыграл ему и ответил, что нас там ждут и нам надо поторапливаться.

В какой-то момент она позвала его на свой день рождения. Видимо, уже подозревая что-то неладное, сказала, что будет очень ждать, и если он не придет, она уже больше никогда ему не позвонит. Он пообещал прийти, хотя точно знал, что не поедет к ней.

В один из дней он позвонил мне и сказал, что вот именно сегодня вечером, прямо сейчас, у нее собираются гости на ее день рождения. И что он ужасно мучается. Представляет себе, как она долго готовилась к этому вечеру. И как сейчас вздрагивает при каждом звонке или стуке в дверь, как выбегает навстречу входящему и как все больше и больше расстраивается.

Мягкий вагон

У Кирилла образовалась неожиданная срочная поездка в Волгоград. Ни плацкартных, ни купейных билетов в кассе вокзала уже не осталось, и он купил билет в мягкий вагон. Мягкие сиденья там выглядели не очень-то опрятно. Зато никаких верхних полок в купе не было. По этой причине у него был только один попутчик.

Он долго выяснял, чем Кирилл занимается, и вообще, кто он такой. Кирилл не торопясь отвечал на его вопросы. А тот внимательно слушал. В какой-то момент Кириллу показалось, что он может рассказать своему случайному знакомому несколько больше того, о чем рассказывают в поездах. И когда он сообщил своему попутчику, что он в отказе уже седьмой год, тот тут же на это отреагировал и сказал, что они – товарищи по несчастью.

– Вы тоже в отказе? – спросил Кирилл.

– Нет. Но я тоже, как и вы, имел несчастье родиться в этой стране.

Кирилл ожидал, что его новый знакомый тоже что-то расскажет о себе. Но он надолго замолчал.

Все смотрел в вагонное окно. А потом вдруг сказал:

– А я в Америку лечу через две недели. Насовсем лечу.

– Куда же вы тогда едете? Вам надо к отъезду готовиться.

– В Борисоглебск еду. К матери. Попрощаться хочу. А к отъезду я уже давно приготовился. Более двадцати лет тому назад приготовился.

– Как так? – спросил Кирилл.

И он стал рассказывать свою историю.

У него была невеста. Они уже планировали свадьбу. Но когда он увидел Кэтрин, он просто потерял голову.

Она прилетела в Москву из Франции. Работала на третьих ролях во французском посольстве. Ей было двадцать лет, и она была ослепительно красива. Мечтала стать актрисой. Предложила свои услуги молодежному театру-студии. Там не очень ясно представляли себе, как она сможет вписаться в их коллектив. Но решили попробовать. Запросили разрешение у гэбэшников. К удивлению, быстро получили положительный ответ. По-видимому, гэбэшники имели на нее свои виды, но все повернулось неожиданной для них стороной.

Ему было двадцать семь, но он уже был доцентом физического факультета Московского университета. Ему прочили головокружительную научную карьеру. Но сам он думал только о том, как можно было бы убежать из Союза.

Он был вхож в студию, куда взяли Кэтрин. Там они и познакомились. Их роман развивался довольно быстро. А когда Кэтрин сказала ему, что у них будет ребенок, они решили пожениться. Запрет на брак с иностранцами был давно отменен. Более того, худшие времена после отмены указа тоже уже прошли. И все-таки вся эта процедура была связана с большой нервотрепкой.

Сразу после регистрации брака он решил, что пришла пора действовать. Он стал убеждать ее, что рожать она должна обязательно во Франции. И что они будут просить разрешения поехать в Париж якобы для того, чтобы познакомить его с ее родителями.

Он сказал ей, что если она хочет покинуть эту страну вместе с ним, они должны быть крайне осторожны. Все их планы она должна скрывать даже от своих самых близких друзей.

– Могу ли я сказать об этом маме? – спросила она.

И он ответил, что она скажет обо всем маме, когда они будут в Париже.

Они стали оформлять документы на поездку в Париж. А он на работе развил бурную деятельность, желая убедить гэбэшников, которые, как он не сомневался, следили за ним, что все его научные интересы связаны в первую очередь с Московским университетом. Активно участвовал во всех делах своей кафедры. Стал вести переговоры с издательством «Наука» о публикации научной монографии.

Гэбэшники, по всей видимости, понимали, что если он не вернется, это будет иметь большой и очень нежелательный для них резонанс. Он становился все более заметной фигурой в Московском университете. Поэтому они все время засылали к нему своих осведомителей. Кто-то предлагал купить его машину. Это, как он понял, было явной провокацией. Кто-то просил его передать в Париже небольшую посылочку. Кто-то просил зайти в гости к знакомому и передать ему живой привет. Но он всем вежливо отказывал. Говорил, что в Париж едет только на неделю, и у него совсем не будет свободного времени.

Кэтрин по его подсказке везде и всюду говорила, что ей очень нравится в Москве и что она твердо намерена остаться в Союзе навсегда.

Как-то он понял, что в его квартире побывали непрошеные гости. С тех пор они даже дома говорили между собой так, как будто их прослушивали. Ему нужно было потратить много усилий, чтобы убедить Кэтрин, что он не сошел с ума и что все его опасения не напрасны.

За три недели до их отлета участковый врач, наблюдавший за его женой, сделал анализы крови и проявил беспокойство. Сказал, что ей неплохо бы на денек лечь в больницу на обследование. В больнице им сказали, что за день они не смогут завершить обследование и ей надо задержаться там еще на один день.

Он уехал в университет. А вечером вернулся в больницу проведать ее. Когда он вошел в палату, около ее постели сидел человек в белом халате, который вводил ей какой-то препарат в вену. Он спросил у него, что он вводит. Тот пробормотал что-то и ушел.

Сразу после этого Кэтрин почувствовала себя плохо. С каждой минутой ей становилось все хуже и хуже. У нее начались преждевременные роды, и ее увезли из общей палаты.

Он пытался узнать, что происходит. Но ему

отвечали, что скоро к нему выйдет врач и все расскажет. Врача долго не было. Потом он вышел и сказал, что ни ее, ни ребенка не удалось спасти. Все это врач говорил ему торопливо, смотря при этом себе под ноги, и быстро удалился.

Он был подавлен случившимся. Требовал расследования. Добился свидания с главным врачом. Тот был очень вежлив и заверил его, что ему выдадут всю документацию по лечению жены. Назначил время, когда ему должны были все это принести и дать устные пояснения, если ему что-то будет неясно.

В назначенный час его ждал какой-то человек. Уже не в халате, а в штатской одежде. Он был тоже вежлив с ним. Но, как выяснилось, никаких документов ему показывать не собирался и даже не пытался дать никаких пояснений насчет того, что же все-таки произошло с его женой. А когда он стал настаивать, то человек в штатском сказал, что его вопросы кажутся оскорбительными для медицинского персонала, который боролся за здоровье и жизнь его жены. И потом очень витиевато намекнул, что если он будет упорствовать, то и сам может оказаться там же, где его жена.

– В этот момент мне хотелось броситься на него и перегрызть ему горло, – сказал он Кириллу, – но я сдержался. Они запросто могли и со мной расправиться. Поэтому я помалкивал все эти годы. Но вот сейчас, думаю, уже можно об этом рассказать... случайному попутчику, которого я больше никогда в жизни не увижу.

Он закончил свой рассказ, и они долго молча

смотрели в вагонное окно. Поезд остановился на переезде. А они все молчали. Потом поезд тронулся, и Кирилл спросил:

– Летите в Америку один, с семьей?

– У меня нет семьи. А женат я был только один раз.

– Значит, с тех пор вы живете один?

– Почему «один»? На свете много прекрасных женщин! Они меня «одного» не оставляют. – На его лице появилась недобрая ухмылка. – Но вы правы, в каком-то смысле я живу один и не женюсь уже, наверное, больше никогда…

Вагон качнуло. Поезд остановился. Дверь купе отошла в сторону. Появилась проводница.

– Мужчины! Кто тут до Борисоглебска?

– Борисоглебск! Боже! Это я! Выхожу, выхожу…

Филадельфия

Мой друг женился на женщине с моей новой работы. Так получилось, что я и познакомил их однажды, когда мы встретились совершенно случайно на каком-то музыкальном концерте.

Ее мать никогда не работала, воспитывала трех своих дочерей. А отец был заместителем начальника Управления главного энергетика в одном из министерств. Должность эта была не такой уж высокой, но все-таки и не маленькой. Отец ее не слишком кичился своим положением. Так мне показалось в тот единственный раз, когда я видел его. Говорил он мало. Но в словах его чувствовалась все-таки какая-то многозначительность. И мне все время казалось, что и молчал он тоже довольно многозначительно, как будто знал обо всем больше других, но не хотел об этом говорить.

Мой друг считал, что ее родители славные люди. А однажды сказал, что они могли бы быть совсем славными, если бы жили в каком-то другом месте.

Как-то он зазвал меня к ним распить бутылку «Цинандали». Когда я пришел, у них была ее мать.

Присоединиться к нам она отказалась. Сказала, что вина вообще не пьет и не голодна, недавно поела.

Разговор наш все время крутился вокруг одной и той же темы. Мы говорили о том, как трудно с нашими беспартийными еврейскими физиономиями рассчитывать на какой-то успех где бы то ни было. И каких феноменальных успехов добились наши друзья, уехавшие в Америку.

Ее мать подтаскивала нам из кухни легкую закуску и в разговоре не участвовала. Но обрывки нашей беседы до нее долетали. Когда я ушел, она сказала моему другу:

– Не нравится мне, о чем вы тут говорили. Как же так? Мы вам дали столько возможностей. А вы все чем-то недовольны. Нехорошо это.

Когда ее мать ушла, она кинулась к мужу со слезами на глазах:

– Боже! Ты, наверное, обиделся на маму. Мне так стыдно! Прости ее.

Но он успокоил ее, сказав, что она может выбросить все это из головы.

Через год я улетал в Америку. Знал, что буду жить в Филадельфии. Мой друг и его жена были на моих проводах. И я сказал ему, что это их вторые проводы и что, по известной примете, они тоже скоро покинут Союз навсегда. Он криво улыбнулся и бросил короткий взгляд на свою жену.

Он долго уговаривал ее уехать. Но она была под сильным влиянием родителей. И в конце концов он понял, что его уговоры ни к чему не приведут.

Расходились они не мирно. В процессе развода

она сделала несколько обидных для него движений. И он улетел в Америку, даже не попрощавшись с ней.

*   *   *

Поначалу он попал в Бостон. Через несколько месяцев устроился там на работу. А через пару лет я помог ему найти очень приличную работу в Филадельфии, в финансовой компании, хотя сам работал в другой сфере. А он, когда там довольно сильно продвинулся, перетащил меня к себе.

Наши дома были рядом, и мы часто ходили друг к другу в гости. Его многие знали у нас в Филадельфии. Он любил принимать гостей. Любил шумные застолья. Народ к нему приходил разный, не только близкие друзья. И в какой-то момент он повесил у себя в столовой табличку, на которой было написано: «У нас не принято показывать видео с *YouTube*'а, рассказывать анекдоты и поднимать тосты за Америку, хозяев и присутствующих дам». Об этой его табличке в нашем кругу, среди русских, было много разговоров.

Когда он уже переехал в мой штат, его бывшая жена решила прилететь на месяц в Америку. Сначала в Нью-Йорк, а оттуда в Филадельфию. Друзья отговаривали ее. Убеждали, что это выглядит смешно. Но она настаивала, что хочет поехать именно в Филадельфию. Что давно мечтала побывать в музее Родена и в фонде Барнса. А встречаться с ним она не собирается.

В первый же день в Филадельфии она позвонила

ему. Сказала, что привезла посылочку от их общих знакомых. Он пытался сначала отказаться от встречи, говорил, что он не в Филадельфии. Она никак не могла в это поверить.

– Как же так? – недоумевала она. – Ведь я же звоню тебе на домашний телефон.

Сначала он пытался объяснить ей, что это ничего не значит. Но, в конце концов, представив, какой путь ей пришлось проделать, согласился встретиться с ней через несколько дней в музее Родена.

В музее она без умолку рассказывала ему о Нью-Йорке. Говорила, в какую ужасную передрягу она там попала. Она поехала куда-то в сабвее. Нужную ей станцию, к ее удивлению, поезд проскочил без остановки. Она вышла из вагона, решила поехать обратно и села в поезд на противоположной платформе. Стала читать названия станций и поняла, что едет совсем не туда, куда надо. Опять вышла из вагона. Стала спрашивать у народа, как ей найти нужный поезд. Знаками ей вроде бы показывали, что она должна идти по переходу над линиями. А когда она пошла по переходу, то неожиданно оказалась на улице. Там она поняла, что ей опять надо покупать билет, чтобы пройти к поездам, и что она абсолютно не представляет себе, в какой поезд она должна сесть и в какую сторону ехать. И тут она заплакала. К ней подошел полицейский. Она стала объяснять ему, куда она ехала. Но они никак не могли понять друг друга. Тогда она решила, что должна вернуться обратно, и попыталась объяснить это полицейскому. Наконец, он, судя по всему, понял ее. Прошел с ней по улице к другой станции. Провел к поездам. На платформе они стали ждать поезда. А он ей все время что-то говорил. Потом написал на бумажке название ее станции, и она очень этому обрадовалась. Затем стал говорить ей про что-то такое, чего она не должна была делать ни в коем случае. Как она поняла – ни в коем случае и никогда. И настаивал на этом, пока она не согласилась, что этого она делать не будет.

Поезд, в который ее посадил полицейский, довез ее обратно до дома. Но после этого случая она решила, что в сабвее одна никуда больше не поедет.

Все это она рассказывала ему с большим возбуждением. А ему ее рассказ не казался интересным. Он не мог отделаться от мысли, что зря, наверное, встретился с ней.

Она стала расспрашивать его о жизни. Спросила, интересная ли у него работа. Он ответил, что поначалу его взяли на очень маленькие деньги. И ничего другого он и не ожидал. Но со временем работать стало все интереснее и интереснее.

Она спрашивала его еще о чем-то. Он отвечал односложно. И в какой-то момент она сказала:

– Вижу, что тебе несладко тут живется.

Через пару месяцев ему позвонил один из его московских приятелей:

– Твоя бывшая жаловалась, что ты стал совсем другим человеком. Что у тебя потухший взгляд. Глаза не светятся. Разговор не поддерживаешь.

И он ответил приятелю:

– А о чем я должен был с ней говорить? О том, какая у меня замечательная работа? Или мне надо было показать ей фотографию моей жены и сына? Рассказать, куда мы летали отдыхать в этом году?

* * *

Как-то, еще в Москве, когда они только что проснулись утром, лежали, обнявшись, и все не хотели вставать, она сказала ему:

– Я знаю, когда-нибудь ты бросишь меня и уедешь в Америку.

– Может быть, – отвечал он. – Может быть.

Оба они думали, что шутят. И были тогда еще вполне счастливы друг с другом.

Мальчик

Скоропостижно скончалась жена приятеля.

У них было двое детей – мальчик четырнадцати лет и девочка десяти лет. Девочка на кладбище рассматривала какие-то цветочки и вообще вела себя так, как будто ничего не случилось. А мальчик выглядел совершенно подавленным. Приятель сказал мне, что у мальчика была невероятной силы тихая истерика и он даже боялся, что тот может повредиться рассудком. Еще он сказал, что когда мальчику было всего шесть лет, на детской площадке он по неосторожности получил удар качелями по голове. С тех пор голова у него часто болела, и они с женой все время переживали по этому поводу.

Через год с небольшим приятель женился вторично. На женщине с восьмилетним ребенком. Ее сын оказался довольно болезненным. И так уж получилось, что основное внимание семьи было обращено на него.

Со временем дети моего приятеля оказались как бы заброшенными. Я часто приходил к ним.

Девочка не обращала на меня никакого внимания. А мальчик всегда был рад мне.

Мы подолгу разговаривали с ним обо всем на свете. Когда я уходил, он всегда шел провожать меня до дверей. И я чувствовал, что он ждет, чтобы я сказал ему, когда приду опять. У меня складывалось печальное ощущение, что дома он ни с кем особенно и не общается.

В школе он стал проявлять интерес к физике. Бывал ужасно рад, когда я давал ему какие-то остроумные задачки. Любил всякие задачи-шутки. От физики мы иногда переходили к математике. Он просто обожал задачки, которые трудно было решить самостоятельно, но которые имели очень короткое решение.

Как-то, когда я пришел к ним в очередной раз, он бросился ко мне еще в прихожей и начал рассказывать, что у них случилось в школе. Оказалось, что учитель физики предложил всем задачу, похожую на одну из тех, которые мы с ним решали. Задача была трудная, но он с ней быстро справился. А когда начал рассказывать решение у доски, никто из ребят не мог ничего понять. И тогда учителю пришлось самому объяснять всем его решение.

Когда я уходил от них, приятель рассказал мне, что был в школе и разговаривал там с математичкой. И она сказала, что его сын по ее предмету еле-еле вытягивает на четверки. Но на школьной олимпиаде он смог решить пару сложных задачек, с которыми не справились даже самые продвинутые ее ребята.

И я сказал приятелю, что мне это все понятно. Я и сам заметил, что голова у мальчика работает преотлично. Но с рутинными вещами, где нужно просто суметь сосредоточиться и проявить больше усидчивости, дела обстоят значительно хуже.

В один из моих визитов к ним приятель мой стал жаловаться, что мальчик часто среди дня ложится на кровать и подолгу лежит так, просто смотря в стену.

– И еще он мне говорил что-то про тебя.

– Что же? – спросил я.

– Хотел узнать у меня, знаком ли ты с его учителями. Говорил, что ты – человек не простой и можешь легко повелевать другими людьми.

Я пытался выяснить у приятеля, что все это могло бы значить. Но он и сам толком не знал, что имел в виду его сын.

Когда в тот день я опять разговаривал с мальчиком, я не заметил, чтобы он как-то ко мне переменился. Все было между нами по-прежнему. На этот раз мы просидели с ним даже дольше обычного.

А под конец он рассказал мне что-то, что его очень развеселило. На днях, выбегая из дома, он увидел на лавочке возле подъезда старушку. Она сказала ему: «Всё бегишь, бегишь. Ты не замучииси?»

Он смеялся, когда рассказывал мне это, и все повторял: «Ты не замучииси?»

Однажды, когда я как-то опять пришел к ним, мальчик сказал мне, что думает, что его мама жива. Но только она скрывается от всех. И от него – тоже. Я пытался убедить его в том, что этого не может быть. Даже стал говорить ему, что это, в общем-то, не очень хорошо – подозревать в таком деле его мать, которую он без памяти любил. И мальчик вроде бы со мной согласился.

Через месяц я узнал, что его больше нет. Он выпал из окна четвертого этажа и разбился. Был ли это несчастный случай или нет – его отец избегал говорить со мной на эту тему.

Дура

Она никак не могла понять, почему и как это все могло произойти. Наверное, она потратила много сил и энергии на проведение их короткого двухдневного похода. Она очень хотела, чтобы ее ребята запомнили его надолго, и, видно, расслабилась, когда он уже подходил к концу.

Это был ее самый любимый класс. Она преподавала этим семнадцатилетним мальчикам и девочкам английский. Обожала их всех, хотя на ее уроках они совсем не блистали. Кроме, может быть, Светы, ее любимицы. И когда у кого-то из них возникла идея пойти всем классом в небольшой поход и тем самым отметить окончание школы, она эту идею горячо поддержала.

После того как решение о походе было всеми одобрено, они со Светой стали разрабатывать маршрут. Несколько дней расписывали вместе, кто и что должен сделать и кто и что должен взять с собой.

Они уехали в пятницу вечером. Провели два волшебных дня в лесу на берегу маленькой речки.

Мальчишки играли в футбол. Все вместе сражались в бадминтон, отгородив веревками площадку и повесив сетку между двумя деревьями. У них оказались две надувные лодки. Они плавали на них, ловили с них рыбу. А в один из дней устроили шуточный «морской бой». Вечером сидели у костра, пели песни. В горячей золе пекли картошку.

Было, конечно, много разговоров о том, что они все собираются делать после окончания школы. Она была всего на восемь лет старше всех их. Ребята воспринимали ее почти как свою, такую же, как они. И все-таки когда начинала говорить она, все замолкали и ловили каждое ее слово.

Она знала все или почти все обо всех. Могла дать совет и наставление каждому из них. Ведь все они готовились к вступительным экзаменам.

У костра она рассказала несколько поучительных историй. Одна ее подруга поступала на физический факультет университета. Получила пятерки по физике и математике. Когда уже считала, что все трудности позади и что она прошла по конкурсу, сдавала английский. На экзамене перевела фразу «палка длиной два фута» как «палка длиной в две ноги». Получила двойку. Это было, конечно, очень обидно. Потом они спорили, правильно ли за такую оплошность ставить двойку или нет. И решили сообща, что двойка была незаслуженной. Но все-таки поняли, что любая мелочь может быть причиной больших неприятностей и поэтому надо быть все время начеку.

И еще много было всяких разговоров у вечернего костра. А она была просто счастлива, как чудесно они провели там время.

И вот теперь она сидела в коридоре больницы. Ожидала, пока выйдет врач и объявит, будет ли Света жить или нет.

Вышел врач. Сказал, что они сделали все, что могли. И, наверное, теперь можно сказать, что ее жизнь вне опасности. Хотя не исключено, что понадобится еще одна операция. Но она никогда не сможет иметь ребенка.

Основное напряжение несколько ослабло. Но она все еще сидела на скамейке больницы и не могла встать. Вспоминала, шаг за шагом, все, что произошло.

Когда эти замечательные два дня подошли к концу, они загрузили свои рюкзаки и пошли лесом к станции. Видно, они все рассчитали правильно и вышли из леса прямо к мостику над одной-единственной платформой. Когда они приехали туда два дня назад, никто не захотел идти по этому мостику. Все просто спрыгнули с платформы на рельсы, когда поезд уже отошел. Она была против этого. Но когда спрыгнул один, за ним последовали и все остальные. Тогда это казалось достаточно безопасным, и она не стала ничего выговаривать ребятам.

Проделать все это в обратном порядке было труднее, поскольку надо было не спрыгивать с платформы, а взбираться на нее. Поэтому она на всякий случай заранее решила, что пойдет впереди и увлечет всех на мостик. И когда она пошла туда, все потянулись за ней.

Когда все уже подходили к концу мостика, показалась электричка. В этот момент она обернулась и увидела, что почти все ее ребята дружно шли за ней. И только Света сильно отстала. Она еще даже не начала подниматься на мостик.

Света тоже увидела электричку. Поняла, что она может к ней не успеть. Бросилась напрямик, через рельсы, к платформе. Сняла с себя рюкзак, забросила его наверх, на платформу, и стала подтягиваться на руках.

Электричка быстро приближалась, и ситуация с каждой секундой становилась все опаснее и опаснее. Она пробовала остановить Свету, что-то кричала ей. На секунду Света застыла в нерешительности. Она, видно, раздумывала, не спрыгнуть ли ей обратно на рельсы. Но потом, наверное, решила, что это может оказаться еще опаснее. Она сделала отчаянный рывок и уже почти готова была к последнему, спасительному, движению. Но ей не хватило какого-то мгновения. И электричка, отчаянно гудя и скрежеща тормозами, надвинулась на нее, оставив слишком маленький зазор между вагонами и платформой.

Сейчас, в коридоре больницы, она благодарила Бога за то, что Света осталась жива. Но была в отчаянии при мысли о том, сколько еще придется испытать этой маленькой девочке. И ей трудно было отделаться от мысли, что все это произошло по ее вине. Она была старшей в этом походе и должна была исключить всякий риск и всякую возможность непредвиденных неприятностей.

Следующие несколько недель были очень нервными и напряженными. Первые несколько дней она вместе с матерью Светы дежурила у ее постели ночами. А когда самый острый период прошел, эна проводила все свободное время в больнице.

Там они сблизились еще больше. Света делилась с ней своими самыми сокровенными мыслями. Однажды она сказала, что ей давно и очень сильно нравится Кирилл, мальчик из параллельного класса. И что ей когда-то казалось, что и он посматривает на нее. Но сейчас она поняла, что он к ней абсолютно равнодушен. А теперь тем более все ее надежды рухнули. Теперь, после того как стало известно, что у нее никогда не будет детей.

Она пыталась успокоить Свету. Говорила ей какие-то слова надежды. А сама думала, почему же она не знала и даже не догадывалась раньше, что Света влюблена в Кирилла. Еще она думала о том, что та сложная ситуация, в которой она оказалась, становится теперь еще более тяжкой и нестерпимой.

На следующий день после уроков, перед тем как пойти к Свете в больницу, она заскочила домой. У нее образовалось несколько свободных минут, чтобы побыть одной и собраться с мыслями. Она сидела за кухонным столом, обхватив голову руками, и думала:

– Господи! За что же это все этой бедной девочке? За что же это все мне? Почему у меня все происходит нелепо?

Тут она решила, что все в жизни делает неправильно. И что больше так продолжаться не может. Она должна что-то поменять. Может быть, уйти с работы? Нет, после того как класс Кирилла закончил школу, в этом будет мало смысла. Может, она должна пожить одна? Да! Она должна уйти из дома и пожить одна. Она уедет к маме.

При мысли об этом она расплакалась. Потом подумала, что ее муж не заслуживает всего этого. Совершенно всего этого не заслуживает. Но все равно, ей, наверное, надо переехать к маме. У нее нет другого выхода.

И, самое главное, самое главное, – завтра она скажет Кириллу, что очень-очень его любит, но они не должны больше встречаться.

Она зашла в ванную. Посмотрела на себя в зеркало. Увидела, что тушь с ресниц потекла и размазалась по лицу. И она все смотрела на себя и говорила сама себе вполголоса:

– Боже мой! Какая же я дура! Какая же я все-таки дура!

Она вытерла тушь с лица. Опять посмотрела на себя в зеркало. Представила, что будет с этим милым и глупым ребенком, когда она скажет ему, что они не должны больше встречаться. Слезы хлынули у нее из глаз. Она вошла в комнату, и уже не сдерживая больше рыданий, завалилась на кровать и только повторяла все время:

– Какая же я дура… Какая же я несчастная дура…

часть
третья

Банальная история

Он был в отказе. С работы его выгнали уже давно. И он с другими отказниками, которые не хотели уезжать на шабашку и подолгу жить вне города, сколотил бригаду. Они делали все, что подворачивалось под руку. Чинили телевизоры, холодильники. Шили одежду. Переделывали радиоприемники на коротковолновые. Наматывали трансформаторы для домашних кварцевых ламп. Продавали на улице арбузы. А могли и просто копать ямы или разгружать что-то в магазине.

Он познакомился с ней случайно в электричке. Они ехали около получаса в одном направлении. Разговорились. Обменялись телефонами. Она ему понравилась. Он ей – тоже. Но тогда он не захотел рассказывать о себе подробно незнакомому человеку. Поэтому сказал только, что заканчивал «Менделавочку», а потом работал в Карповском институте, занимался там химической кинетикой, работал над диссертацией. Что было чистой правдой.

Они стали встречаться. И он уже готов был

рассказать ей о своей ситуации. Но тут узнал что-то о ее родителях. И ему стало ясно, что они это знакомство не одобрят. Поэтому решил какое-то время обождать с объяснениями.

А она уже считала, что между ними все решено. Говорила, что любит его ужасно. И благодарит судьбу за то, что свела их в электричке.

Она все хотела познакомить его со своими родителями. Но он под разными предлогами откладывал это. А однажды посоветовал ей сначала хоть что-то рассказать им про него.

– А моя мама уже обо всем догадалась, – ответила она, – хотя видела тебя только один раз мельком.

– Как это – догадалась?

– А у меня волосы потемнели.

– Волосы потемнели? Это что – такой закон природы?

– А ты не знал? У тебя же волосы темные.

Он действительно не знал о таком законе природы и вовсе не был уверен, что то, что она ему поведала, имело какой-то смысл. Да и думал в это время совсем о другом. Они были знакомы уже около двух месяцев. Пора ему было бы рассказать ей все о себе. Но, по-видимому, он не ожидал от такого разговора ничего хорошего, поэтому все время откладывал его до следующего раза.

Однажды они были в гостях у ее друзей. Там собралась довольно большая компания. Как оказалось, там были люди, знакомые с его друзьями. Они, конечно же, слышали о нем и были в курсе его передвижений. И он уже решил, что прямо там должен ей все рассказать. Но потом подумал, что все-таки лучше рассказать ей обо всем не под нажимом сложившихся обстоятельств. Решил подождать хотя бы еще один день и надеялся, что за это время она сама ни о чем не узнает.

Но все вышло по-другому. На следующий день утром она не позвонила ему, как обычно. А когда позвонил он, она не подняла трубку. Он позвонил вечером. Тот же результат. На следующий день он опять позвонил ей. Она подняла трубку. Сухо поздоровалась.

– Ты обиделась на меня? – спросил он.

– Обиделась – не то слово, – ответила она.

– Это все потому, что я не нашел времени рассказать тебе о себе?

Он сбивчиво и торопливо пытался объяснить ей, почему не сделал этого сразу. Почему откладывал это со дня на день. Говорил, что хотел вот прямо вчера рассказать ей обо всем.

– А если бы ты мне признался во всем, что бы изменилось? – спросила она.

Он не знал, что ответить, и переваривал это слово «признался».

– И вообще, – добавила она, – мои родители уже все знают. Знаешь, что сказал мой отец?

Он промолчал.

– Сказал, что убить тебя – было бы мало.

Он тихо повесил трубку.

Магнат

Было что-то особенное в путешествиях на поезде во времена без мобильных телефонов. Эти короткие часы, когда пассажир отрезан от всего на свете, я просто обожал. Поезд идет, постукивают колеса. И теперь можно собраться с мыслями и обдумать то, на что раньше не было времени. Можно спокойно вспомнить то, что произошло недавно или, наоборот, давным-давно. А можно просто сидеть, смотреть в окно вагона на мелькающие одна за другой картинки и не думать ни о чем.

Моим соседом по купе был грузный молодой мужчина, который оказался моим единственным попутчиком. Когда я вошел в купе, он уже завалился на верхнюю полку. Только поздоровался со мной и сразу заснул. Поспал, потом проснулся и спустился вниз. А когда я разложил на столике бутерброды и предложил разделить их с ним, он охотно согласился, достал из своего кожаного портфеля бутылку водки и две маленькие пластмассовые рюмки – это был его вклад в нашу трапезу.

Он сказал мне, что живет в Ташкенте. Но вот собрался навестить брата в Николаеве. А до этого провел три дня в Москве. Мы выпили по первой рюмке. И как только у нас в разговоре проскочила случайно какая-то женская тема, он стал жаловаться на свою жену. Говорил, что ему всегда, даже с самого начала, казалось, что она что-то скрывает от него.

Он хорошо говорил по-русски, но какой-то легкий акцент все равно чувствовался.

– Понимаешь, все было не так. Ведь я из-за нее свою первую жену бросил. А там у меня двое детей... Хотел с ней быть. Говорил ей, чтобы она за меня выходила.

– Ну, а она что? – спросил я.

– Долго не хотела за меня замуж идти. Потом пошла, но не хотела мою фамилию взять. Я спрашивал, почему. А она говорила – не хочу, много бумаг менять надо. Она фамилию не поменяла, и ее друзья даже не знали, что за меня замуж пошла.

– Так это не так и важно. Правда?

– Нет, ты не понимаешь. То одно не так, то другое не так. Говорил, давай пойдем куда-нибудь, покушаем сегодня. Она говорила – не могу, голова болит. А вечером уходила. Говорила – дочка просила. Ее дочка.

– Ну а ты не звонил дочке? Не проверял?

– Не мог я ее дочке звонить. Мы с ней плохо дружили.

Мы выпили еще по рюмке. Потом еще по одной. Наш вагон приятно покачивало. Бутерброды у меня были большие, и мы не спеша с ними расправлялись.

– Иногда я приходил домой, когда она с кем-то разговаривала. А если я входил к ней, сразу замолкала. У меня нехорошее чувство было при этом.

– Может, это была ее подруга. У них такой разговор мог быть, что при тебе не хотела его продолжать. Подруги ведь о чем только не говорят.

– Да, конечно, могло так быть… Понимаешь, один раз она собиралась пойти куда-то. Говорила, по делам. Мне это не совсем понравилось. Говорил – давай тебя провожу. Но она не хотела, чтобы я ее проводил. Говорила – зачем провожать? А я сказал, что мне тоже туда надо ехать. А мне туда не надо было ехать. Тогда она сказала, что я должен ехать один, раз мне надо.

Поезд остановился на какой-то маленькой станции. Пока он стоял, мы молчали. Потом поезд пошел опять.

– А я ведь был магнат. Большой магнат.

– Магнат?

– Да, у меня весь Ташкент вот здесь был.

И он сжал свою руку в кулак.

– Большое дело было. Большой серпентарий был.

– Серпентарий? Ты разводил змей?

– Да. Ты знаешь, сколько много денег стоит яд?

– Значит, ты много зарабатывал?

– Конечно, много. А на эти деньги другие большие дела крутил. Очень большие дела тогда крутил. Говорю тебе, я был большой магнат. Не то что сейчас.

Мы опять помолчали немного.

– Каких же змей ты разводил?

– Всяких. Но больше всего – гюрзу. Чтобы получать яд, лучше разводить гюрзу.

Я спросил, кусали ли его когда-нибудь змеи. И

он ответил, что если много лет разводишь змей, то когда-нибудь обязательно сделаешь ошибку. А это может плохо кончиться.

– Понимаешь, гюрза не предупреждает, когда атакует.

Он приподнял штанину, и я увидел его толстенную ногу, совершенно обезображенную, в шрамах и местами посиневшую.

– Видишь? Когда она меня ударила, у меня под руками был только нож. И я сразу отрезал большой кусок. Только так можно было.

– А сыворотки у тебя не было, что ли?

– Антигюрза? Была, была, конечно. Но тогда не близко была.

Он решил разлить то, что осталось в бутылке, но я сказал, что мне достаточно, и он с удовольствием допил все сам.

Мы долго молчали.

– Смотри, со змеями ты справился, а с женой – нет.

– Они хуже змей, – сказал он.

– Ну и что? – спросил я. – Ты все-таки выяснил, скрывает она от тебя что-то или нет?

– Нет, не выяснил.

– Может быть, тебе надо поговорить с ней? Может быть, тебе все это только кажется?

– Не могу поговорить. Ее уже нет.

– Она умерла?

– Нет! У меня с ней все пошло не так, и я велел ей уйти. Сказал, что у нас как-то все не получается. Тогда она ушла. А когда она ушла, я ее не обидел. Она ушла – а я рад. Сейчас еду к брату. Сказал мне, что будем рыбу ловить. Познакомит с хорошей женщиной. Помогу ему там крутиться.

Мы еще посидели немного. А потом он опять залез на вторую полку. Кажется, сразу заснул. И когда я выходил на своей станции, он еще спал.

Грустные проводы

Я познакомился с Кириллом давно. Оба мы были тогда в шестом классе. Его отец учился в школе вместе с моим дядей. И вот на каком-то дне рождения, где нам случилось быть всем вместе, они нас и познакомили. Потом мы заканчивали школу. Часто сидели у Кирилла дома и думали, что будем делать дальше. В Московском университете нас вроде бы никто не ждал, и Кирилл стал говорить, что придется нам, наверное, поступать в Рыбный институт.

Я до сих пор не знаю, был ли такой институт в Москве. Не думаю, что и Кирилл знал это. Но у Кирилла это стало такой навязчивой шуткой, что ли, – говорить про Рыбный. Ну и я тоже стал так говорить. И когда меня кто-то спрашивал, куда я собираюсь поступать, я с совершенно серьезным лицом говорил, что хочу попробовать в Рыбный.

В Рыбном нас все-таки не дождались. Мы решили поступать в Московский институт стали и сплавов. Там открылась кафедра инженерной кибернетики. На приемных экзаменах там никто никого не заваливал. Ну и все еврейские мальчики и девочки со способностями к точным наукам туда потянулись. А для нас, мальчиков, самое главное заключалось в том, что там была военная кафедра. Это означало, что в армии нам служить не придется.

Там я познакомился со школьным товарищем Кирилла, о котором раньше только слышал. Кирилл жил с ним в одном дворе с самого раннего детства. Потом они сидели в школе за одной партой почти все десять лет. Обоим на выпускных экзаменах поставили по четверке за сочинение и по английскому языку, так что даже серебряной медали им не досталось.

И так мы все институтские годы дружили втроем.

На третьем курсе школьный товарищ Кирилла познакомился с девушкой со второго курса. Ее звали Софой. Они стали встречаться. Софа была очень эффектна. И Кирилл считал, что его школьному товарищу повезло. Я так не считал. Потому что с самого начала она казалась мне довольно глуповатой. Никто этих моих убеждений не разделял. Да, по правде говоря, на такие темы у нас особых дискуссий никогда и не было.

Как это ни казалось мне странным, училась Софа довольно успешно. И даже по математике, где, как я считал, она не блистала, получала одни пятерки. Как-то она сказала нам с Кириллом:

– Главное в жизни – состояться.

– Как это? – спросил Кирилл.

– Это значит – стать кем-то. Ну, делать что-то выдающееся.

Я спросил ее, хочет ли она состояться. А если хочет, то как именно. Софа посмотрела на меня с изумлением и сказала, что, конечно же, имела в виду в первую очередь себя. И что она собирается стать выдающимся математиком. Вроде Софьи Ковалевской. На что я ей заметил, что она слишком много о себе думает. И что даже Колмогоров в ее возрасте никогда не говорил, что собирается стать выдающимся математиком вроде Софьи Ковалевской. Эта моя шутка очень понравилась всем нашим.

Почти все в нашей компании играли тогда в настольный теннис. Однажды и Софа присоединилась к нам, и мы провели за столами пару часов. После чего она сказала, что игра ей понравилась и она, возможно, станет этим заниматься серьезно.

– Что значит – серьезно? – спросил я.

И она сказала, что играть в теннис просто так она не собирается. Будет заниматься теннисом только для того, чтобы попасть на первенство Союза и потом играть на мировых чемпионатах.

По окончании института Софа и школьный товарищ Кирилла поженились. Софа нашла для себя хорошую работу, где имела довольно свободное расписание. Ходила на математические семинары в университет. Написала одну неплохую статью совместно с нашим общим знакомым. Но потом она, по слухам, несколько сникла. Наш общий знакомый, ее соавтор, выпустил еще несколько хороших работ. Но уже один. А у Софы где-то что-то забуксовало.

Мы с Кириллом после института стали работать в совершенно разных областях. Он пару раз менял работу. Потом надумал уезжать из страны. Когда начальство на его последней работе обо всем узнало, у них закрутилась вся эта обычная история. И вскоре Кирилла выгнали оттуда. Он долгое время был в отказе. И вот в какой-то момент он позвонил мне, сказал, что летит в Вену, и позвал на проводы.

На проводах Кирилла было и весело, и грустно. Все время приходили новые и новые люди. Народ расспрашивал Кирилла о его планах. Там, конечно, был его школьный товарищ с Софой. Она не отходила от Кирилла и все время о чем-то его расспрашивала. А на следующий день Кирилл пересказывал все мне.

– Смотри, не превратись там в овощ, – сказала ему Софа.

– Как это? – спросил Кирилл.

– Ну, найдешь там приличную работу, будешь хорошо зарабатывать, купишь дом, родишь детей, будешь учить их музыке, заниматься с ними спортом, играть в теннис, кататься на горных лыжах. Будешь ходить по музеям, на бродвейские спектакли, слушать музыку в Карнеги-холле, ездить в отпуск на Багамы…

– А разве это не называется – жить полноценной жизнью?

– Нет, так живут овощи. А ты должен состояться, – сказала Кириллу Софа.

Пока я раздумывал над словами Софы, Кирилл добавил, что когда, наконец, почти все уже ушли и они на минуту остались одни, она кинулась к нему со слезами и сказала:

– Прощай, мой хороший! Я не забуду тебя никогда!

– Значит, получается, что у нее к тебе были какие-то чувства? – спросил я Кирилла.

– Выходит, так.

– Более того, у нее определенно есть ощущение, что и ты тайно в нее влюблен. Очень в ее духе! Ну и что же ты ей на это ответил?

– А что я мог ответить?

– Я не знаю.

– Сказал, что тоже не забуду ее никогда.

– Молодец!

– Но это же ничего такого не означало?

Я пожал плечами.

С первого взгляда

Мы сидели в купе скорого поезда со зловещим названием «Красная стрела». Было раннее утро. Поезд подъезжал к Москве. И все уже готовы были выходить и бежать по своим делам. Но что-то произошло на самых близких подступах к вокзалу. Поезд притормозил и стал продвигаться медленно, с частыми остановками.

Два молодых парня из нашего купе слезли со своих верхних полок и, перебивая друг друга, рассказывали что-то про своих жен. Один из них вдруг ни с того ни с сего сказал, что женился он по расчету. И думает, что такие браки самые прочные. А во всякие истории типа любви с первого взгляда не верит. При этом он посмотрел на меня, как бы ожидая, что я присоединюсь к их разговору. А после того, как я никаким образом на это не откликнулся, он спросил меня о чем-то. Я ответил односложно. И они опять стали болтать друг с другом.

Среди нас была молодая женщина. Еще с вечера она, как мне показалось, была погружена в свои мысли. По этой причине или по какой-то другой, она не принимала участия в разговорах, которые обычны в поездах среди случайных попутчиков. Утром она тоже думала о чем-то своем и то и дело посматривала на часы.

– А вы верите в любовь с первого взгляда? – спросил я ее только потому, что болтовня этих ребят с верхних полок начала меня понемногу утомлять, и я просто хотел втянуть ее в общий разговор.

– Конечно, верю, – сказала она. – Мы с моим мужем влюбились друг в друга с первого взгляда.

Она замолчала, а я опять спросил ее о чем-то. Она ответила. Не знаю почему, но я почувствовал определенную симпатию к ней. И решил, что, по третьему закону Ньютона, и от меня к ней пошли какие-то невидимые лучи. И что следующие мои вопросы она не сочтет назойливыми. Видно, я оказался прав в своих предположениях. Она охотно отвечала мне. А потом, уже без всяких моих вопросов, стала тихо рассказывать свою историю. Рассказывала она ее вроде бы мне одному. Но как только она начала говорить, парни наши сразу замолчали и так до самого конца не издали ни единого звука.

Они познакомились на первом курсе института. Сразу понравились друг другу и стали встречаться. Так продолжалось два года. У него в институте не было военной кафедры, и все их мальчики, у которых было все в порядке со здоровьем, загремели в армию.

Она ждала его, пока он служил. А когда он вернулся, роман их продолжился. Через полгода она вышла за него замуж. Она уже работала. Он учился и работал. Зарабатывали оба мало. А им приходилось снимать квартиру. Снимали они ее у знакомых его начальника по работе. Сдавать квартиру было не очень-то безопасным делом. Поэтому те, кто ее сдавал, в первую очередь предпочитали иметь надежных жильцов. Его начальник за них поручился, и квартплата была сравнительно невысокой. Но все равно на это уходили почти все их деньги. И поначалу жизнь их была нелегкой.

У ее отца был старенький «Запорожец». Отец уже был не в состоянии его поддерживать сам. Поэтому ее мужу пришлось взять на себя все заботы по уходу за машиной. Часто в их «Запорожце» что-то ломалось. А купить запасные детали было практически невозможно. Добывались они с большим трудом. Иногда ему приходилось чинить машины тех, кто имел доступ к таким деталям. Пару раз он договаривался со своими знакомыми, и они вытачивали необходимые детали у себя на заводе. И несмотря на то, что он был довольно рукастый, это все равно требовало массу времени.

Зато пользовались «Запорожцем» в основном только они, и тогда жизнь их становилась более разнообразной. Квартиру они снимали на Щелковской. Летом ездили на «Опытное поле». Играли там в теннис, купались в пруду. Осенью – туда же, за грибами. Зимой, тоже по Щелковскому шоссе, уезжали кататься на лыжах. Проходили километров десять, делали остановку, съедали по яблоку и несколько кусочков сахара и шли еще десять километров обратно.

Потом он закончил институт, нашел очень хорошую работу и стал зарабатывать совсем неплохие деньги. И они уже планировали завести ребенка.

В этом месте рассказа она остановилась и спросила меня:

– Скучная история. Правда?

История и вправду была скучноватая. Но что-то заставляло меня все-таки слушать ее рассказ, и я спросил:

– А кто ваш муж по специальности?

– Он был наладчиком какой-то сложной аппаратуры.

– Почему «был»?

Она ответила не сразу.

– «Был», потому что действительно был.

– Что случилось?

– В прошлом году, уже в конце зимы, в субботу рано утром, он сказал мне, что поедет к приятелю в гараж. Чинить наш «Запорожец». Целый день его не было. Вечером я начала уже волноваться. Ближе к полуночи подняла тревогу.

– Что же случилось? – спросил я опять.

– Он был в гараже с моей близкой подругой. Они включили в машине печку. Заснули, отравились угарным газом и уже не проснулись.

В купе повисло тягостное молчание.

– Я не стала его хоронить, – сказала она.

В Гурзуфе

Я плыл на катере от Ялты до Алушты. Там, в Алуште, меня ждала вся наша компания. Там уже была и моя жена. Со своей дочкой и моим сыном.

Мы проплывали Гурзуф. Я смотрел на воду за бортом нашей лодки. На чаек, которые кружили над нами. На красивую береговую линию. На прибрежные скалы. И мне вспоминалось одно далекое жаркое лето в Гурзуфе.

*   *   *

Она была на десять лет моложе меня. Я уже был однажды женат, а она никогда не была замужем. Когда она сказала, что ждет ребенка, я был резко против. У меня уже были две дочки от первого брака. И я стал ей что-то долго объяснять. Говорил, что ужасно люблю ее. Что у меня никогда еще не было такой счастливой жизни. Но ребенок сейчас для меня совершенно немыслим. А она говорила, что все мои доводы не имеют никакого значения. И что счастливая жизнь без ребенка невозможна.

Несколько дней она пыталась как-то повлиять на меня. Но потом, по всей видимости, решила, что переубедить меня она не сможет, и сказала, что сделает так, как я хочу. И тут, совсем неожиданно для себя самого, я сказал, что она может оставить ребенка.

У нее были очень большие проблемы со здоровьем. Но роды прошли нормально. У нас родился мальчик.

Жизнь наша была трудной. Но мы были счастливы друг с другом. Иногда ссорились. Но всегда ненадолго. Потому что она не могла терпеть наших размолвок.

Как-то мы решили поехать в отпуск на три недели на Южный берег Крыма, в Гурзуф.

Сняли комнатку в какой-то лачуге. Считали, что близко от моря. К нему надо было спускаться по узкой тропинке около пятнадцати минут. Рано выходить к морю у нас не получалось. Поэтому даже эти пятнадцать минут приходилось идти под солнцем. Спускаться утром к морю было легко. А вот подниматься наверх в середине дня было намного труднее. И мы иногда отходили в сторону от тропинки и отдыхали в тени под деревьями.

Деревья эти, как я однажды понял, оказались оливковыми. Небольшие зеленые ягоды, которые росли на них, были оливки. Я вспомнил, что зимой мне как-то попались в магазине крупные черные маслины. Они были изумительны. И я все гадал, каким образом можно превратить те маленькие зеленые оливки, которые росли на дереве, в большие черные маслины. Сначала я подумал, что они еще не поспели. Но кто-то из местных сказал мне, что когда они поспеют и станут черными, то будут годиться только на масло. И что их нужно срывать зелеными. А темными они станут в процессе обработки.

Я собрал эти оливки, положил в небольшую баночку и залил уксусом. Потом пробовал их через день. И разочаровывался все больше и больше. Уже ближе к концу нашего пребывания в Гурзуфе я все это выбросил.

Быт наш там наладился почти сразу. С ребенком было трудно стоять в очереди в столовую полтора, а порой и два часа. Поэтому мы решили брать обед домой в судках. А на второй день наша хозяйка, увидев у нас судки, предложила сама приносить их, если мы будем платить за обеды прямо ей. И пообещала, что порции наши будут больше обычных.

Мы, конечно, согласились. И это упростило все кардинальным образом. На завтрак мы ели фрукты, которые покупали у хозяйки. А на ужин – тоже фрукты, овощи, остатки обеда и иногда рыбу, которую я приносил с моря.

За зиму я смастерил ружье для подводной охоты. Для начала у меня был только гарпун. Но кто-то надоумил меня использовать вакуумные шланги в качестве пружины. Все остальное я сделал по своему разумению. И вот моя давнишняя мечта сбылась. Я плавал с маской и ластами. Охотился под водой. Приносил с моря добычу.

Пружина моего ружья оказалась довольно слабой. Поэтому подстрелить лобанов было очень сложно. Они не подпускали меня близко. А вот с бычками все было проще. Когда они сидели на дне, то можно было стрелять в них чуть ли не в упор.

Лето выдалось жаркое. Сыну было еще только четыре года. И то ли из-за того, что мы были недостаточно свободны, то ли из-за непривычной обстановки, то ли из-за того, что рядом не было никого из друзей, то ли из-за этой, порой изнуряющей жары мы стали все время ссориться.

Я раздражался необычайно. Вскакивал. Говорил, что терпеть это больше нет никаких сил. Выбегал из дома на улицу. Она принимала это вполне серьезно и бросалась за мной. Уговаривала остаться. Конечно, поостыв немного, я бы и сам вернулся. Ведь я не очень-то соображал, для чего убегал на улицу. Но я уже, видно, привык к тому, что она регулировала все наши ссоры и всегда первая искала пути к примирению.

Однажды, когда я посчитал, что она была абсолютно не права, я разозлился не на шутку. И мне даже показалось, что она испугалась, не перейду ли я какую-то опасную черту в нашем споре. Я увидел, как у нее округлились глаза. А я в сердцах сказал ей что-то резкое, и это обидело ее ужасно.

Но самые последние дни в Гурзуфе прошли мирно.

Потом мы вернулись домой. И были счастливы по-прежнему.

А потом ее не стало.

*   *   *

Наш катер уже обогнул Аю-Даг. И постепенно гора эта стала исчезать из вида. А я мысленно все возвращался к тем нашим дням на Южном берегу Крыма.

У нас было много хороших лет. Но теперь я чаще всего возвращаюсь мысленно к нашему отпуску в Гурзуфе. Когда я остаюсь один, мне иногда становится очень тяжело. И я думаю, почему нам не было хорошо там, в то жаркое лето. А когда я вспоминаю те резкие слова, которые сказал ей тогда, ощущаю какие-то спазмы в груди. И мне становится очень и очень муторно.

А иногда в такие минуты мне хочется вспомнить что-то приятное из нашей жизни там, в Гурзуфе. И я перебираю в памяти какие-то смешные эпизоды.

Как-то я набрал несколько больших рапанов с морского дна. Они были очень красивые. Надо было только удалить оттуда моллюсков. И сначала мы пытались просто выковырять их маленькой вилкой. Но у нас ничего из этого не вышло. На следующий день кто-то сказал нам, что рапанов надо просто бросить в кипящую воду. Тогда моллюсков можно будет легко достать из раковины. А сами моллюски потом можно съесть. И мы, конечно, попробовали это сделать.

Моллюсков мы вытащили. Но поднялась жуткая вонь, и нам пришлось полдня проветривать помещение. И мы ужасно боялись, что наша хозяйка узнает, что мы такое там натворили.

Еще я вспоминаю, как за несколько дней до отъезда у нас возникла проблема с деньгами. Получалось даже, что нам могло не хватить денег, чтобы добраться до поезда в Симферополе. Тогда она придумала собирать и сдавать пустые бутылки.

Я сначала посмеялся над ней. Говорил, что не представляю себе, как это два научных работника, которые совсем недавно сдавали свои статьи в «Доклады Академии наук», будут теперь собирать по помойкам пустые бутылки. Но она сказала, что не видит в этом ничего ужасного. И мы решили попробовать.

Уложив сына спать, мы собирали пустые бутылки по округе, лазили по помойным бакам. За эти бутылки мы довольно быстро выручили даже больше денег, чем стоили наши билеты до Симферополя. И она сказала, что вот, мол, видишь, это оказалось гораздо более выгодным делом, чем писать в «Доклады» статьи, за которые нам никто не собирается заплатить ни копейки.

Конечно же, потом я опять вспоминаю те резкие слова, которые тогда вырвались у меня. И ничего с этим поделать не могу. Абсолютно ничего не могу с этим поделать.

В такие минуты мне кажется, что она тоже где-то там вспоминает все, что было у нас. И, наверное, вспоминает про бутылки тоже. И, наверное, тоже думает, почему нам не было хорошо в то жаркое лето. И смотрит на меня откуда-то оттуда, с высоты, молча. И жалеет меня.

«Акт ненападенья»

В школе Кириллу говорили, что она ему не пара. Да она поначалу и не очень-то ему нравилась. Но что-то в ней его, по-видимому, все-таки привлекало. Он время от времени задирался к ней. Посмеивался над ее неудачными выступлениями у классной доски. Вышучивал ее говор. Смеялся над ее неправильными ударениями. А иногда просто громко называл ее имя, а когда она оборачивалась, говорил, что ошибся, что хотел поговорить с другой девочкой.

Она была из простой семьи. Жили они в самом неблагополучном районе. И речь у нее была, говоря наукообразным языком, с оттенком стилистической сниженности.

Когда они учились еще в восьмом классе, одна из мамаш пришла в школу к их классной руководительнице, которая была у них учительницей русского языка и литературы. Мамаша жаловалась, что ее дочка приносит из школы какие-то странные словечки: давеча, каковский, досюда. Классная руководительница начала было говорить ей про литературные нормы, просторечие и про Ушакова. Но мамаша перебила ее и сказала, что она не в восторге от слова «завсегда» и ей не очень-то нравится, когда слово «молодежь» произносится с ударением на первом слоге. В итоге учительница пообещала ей обратить на это самое серьезное внимание.

В конце концов, где-то уже к десятому классу, все постепенно уладилось. Девчонки, конечно, нахватались у нее всяких сомнительных словечек. Но она стала понимать, как ей надо говорить, чтобы не вызывать улыбку хотя бы у Кирилла. И в этом отношении была уже почти такой же, как и все другие девочки класса.

Поначалу ей ужасно не нравились насмешки Кирилла. А потом она к ним привыкла и даже стала ожидать их. И ей, в общем-то, стало нравиться, что Кирилл обращал на нее так много внимания. А потом они начали встречаться.

В те далекие времена слово «встречаться» имело совсем не тот смысл, что сейчас. Они могли поговорить друг с другом, если случайно оказались вдвоем на улице. Могли при этом идти вместе какое-то время. Но заранее не договаривались о встрече. Она не знала его телефона. А он не знал ее. И даже не знал, есть ли вообще у ее родителей телефон.

Из школы после уроков они выходили всей гурьбой. Но Кириллу было с ней по дороге дальше, чем всем остальным. Поэтому постепенно все отсеивались, а они оставались одни. Часто он пропускал поворот в свой переулок. И получалось так, что он вроде бы провожал ее до дома.

Наступал Новый год. Последний школьный

Новый год. Они решили, что будут встречать его все вместе. Она поначалу тоже согласилась встречать Новый год с классом. Но потом все расстроилось. Многих ребят не отпустили родители. Они не могли себе представить, как это семнадцатилетний мальчик или девочка проведет новогоднюю ночь не вместе с ними. Ее родители тоже были против такой встречи. И она сказала Кириллу, что будет встречать Новый год вместе с родителями у их друзей. Кирилл был очень расстроен. Он дал ей свой телефон, и они договорились, что она позвонит ему в самом начале нового года.

На Новый год Кирилл остался дома. Настроение у него было ужасное. И вот новый год наступил. Родители поздравили его. Он поздравил родителей. Они сели смотреть новогоднюю телевизионную передачу. Там кто-то шутил – и все смеялись. Потом кто-то пел – и все аплодировали. Потом начали исполнять какие-то сатирические куплеты, без которых не обходился ни один концерт:

> Заключим на преньях
> Акт ненападенья,
> Чтоб про наши тренья
> Главк не мог узнать.

«О чем это все?» – думал Кирилл. А телевизор продолжал греметь:

> Вы мне – тише едешь,
> Я вам – дальше будешь,
> Вы мне – мягко стелешь,
> Я вам – мягко спать.

Тут раздался звонок. Кирилл бросился к телефону. Звонила она. К его большому удивлению, голос у нее был радостный, возбужденный. Она поздравила его с Новым годом.

Произнесла пару банальных фраз. А потом сказала, что у них там так здорово, так весело.

Кирилл совсем не ожидал такого поворота в их разговоре. Он помрачнел. Отвечал односложно. И скоро попрощался с ней.

В первый в новом году их день в школе он не подошел к ней. И вообще ни с кем не разговаривал. Сидел за партой мрачный. А на переменках ждал, что она подойдет к нему и спросит, что случилось. Но она не подошла. И их роман на этом тихо закончился.

Они встретились через пятнадцать лет. Она окликнула его на улице. Он не сразу узнал ее. Был поражен тем, как она располнела. Стал расспрашивать, что и как у нее. Хотя от своих ребят уже все знал о ней. Она стала расспрашивать его. А он с удивлением отметил про себя, что говорила она опять так, как в восьмом классе. Они поболтали немного и разошлись. А он потом думал, выглядела ли бы она сейчас так же, если бы они не расстались тогда.

* * *

Тогда, давно, когда еще они учились в десятом классе, они как-то шли после уроков вместе. Они были только вдвоем. И ему очень захотелось дотронуться до ее руки. Нет, не взять за руку, не положить свою руку на ее. Он просто хотел как бы нечаянно дотронуться до ее руки. Но когда он так сделал и его рука коснулась ее руки, она тут же свою руку убрала.

Он попытался коснуться ее руки еще раз. Но она опять убрала свою руку. Тогда он понял, что она догадывается о том, что он хочет сделать. И он сказал ей, что у него замерзла рука и он хочет ее согреть.

Когда он уже решил бросить все свои такие попытки, она вдруг неожиданно сама взяла его руку в свою. Он ужасно удивился этому. Смотрел не нее влюбленными глазами. А она сказала, что раз у него замерзла рука, она решила ее согреть. И что она боится, чтобы он не простудился.

Они шли так, держась за руки, и он не знал, что все это значит. И захотел остановиться. У него были какие-то смутные намерения. Но она разгадала его маневр и сказала строго:

– Кирилл! Мы идем!

Но потом, когда они почти подошли к ее дому, она сама остановилась. Сказала ему, что хочет поправить воротничок его рубашки, что иначе он может помяться и его маме придется его разглаживать. И когда он посмотрел на нее, он увидел ее глаза, которые светились бесконечной любовью к нему.

Она стала поправлять его воротничок. При этом получилось, что они вроде бы обнялись. Правда, настоящего объятия не было. Но поправляя ему воротничок, она на пару секунд задержалась. Он тоже как бы обнял ее в ответ. Но не двумя руками. На это он, конечно, никогда бы не решился. Он только дотронулся одной рукой до ее локтя. Они постояли так несколько секунд. А потом она что-то сказала ему на прощанье и побежала домой. И он тоже побежал домой.

Поздно вечером, ошалевший от счастья, он лежал в своей кровати и думал, что теперь всю жизнь будет только вот так, только хорошо. Он будет всегда встречать взгляд влюбленных глаз. И они всю жизнь будут вместе.

Скоро он поступит в университет. Закончит его, конечно, блестяще. Найдет хорошую работу. Защитит диссертацию.

У них будет двое детей: сын и дочь. Они будут очень талантливы. А у него самого будет интересная бесконечная жизнь.

Родители его будут всегда где-то рядом. И он будет часто к ним приходить. У них, конечно, будет обязательно включен телевизор. И они, конечно, будут немножко надоедать ему своими нравоучениями. Но они все время будут следить за его успехами и гордиться им.

Он лежал в кровати и никак не мог заснуть.

Это был тогда самый счастливый день в его жизни.

Дочь генерала

– Мы с тобой поженимся, – сказала она ему.

– Конечно, – сказал он.

– Мы с тобой скоро поженимся.

– Когда?

– Скоро.

Тут он совершенно неожиданно даже для себя стал ей говорить о том, что собирается в следующем году подавать документы на выезд. Хочет уехать в Америку. Навсегда. Спросил, поедет ли она с ним. Она, видно, никак не ожидала такого поворота в разговоре. Засмеялась.

– Почему ты смеешься?

– Я не ожидала, что ты скажешь мне такое.

– Так ты поедешь со мной?

– Ну… нет. Наверное, нет.

– Зачем же нам тогда с тобой жениться.

– А вот ты зря так бросаешься мной. Я ведь намного моложе тебя. И когда ты со мной, ну… когда мы вместе, это, говорят, омолаживает кровь. Твою кровь. Учти это!

Он знал, что ее отец – генерал КГБ. Когда ее зачислили в его лабораторию, все это знали. Да и я ему об этом говорил.

А когда он рассказал мне об их разговоре про Америку, я стал его ругать.

– Ты представляешь себе, что у нас тут начнется, если она кому-нибудь скажет о вашем разговоре?

– Она никому ничего не скажет, – ответил он.

Еще он стал мне говорить, что ему надоело уже посылать всех на овощные базы, в дружину милиции, на субботники и демонстрации, надоело проводить политические информации и участвовать в социалистическом соревновании, и вообще все надоело. И об этом он тоже ей сообщил. И еще, оказывается, он сказал ей, что власть советскую с ее партийными вождями и гэбистами всех мастей он ненавидит всеми фибрами своей души.

– Прямо так и сказал? – спросил я его.

– Прямо так и сказал. У нас было много времени, и мы говорили обо всем на свете.

– Где же это у вас было много времени?

– На прошлой неделе, когда мы были в командировке в Питере. У моего приятеля есть дача в Бернгардовке, и мы провели там почти всю неделю вдвоем.

– Вот как! О чем же еще вы там говорили? Я надеюсь, ты не рассказывал ей ничего про выборы?

– Про какие выборы?

– Ну, как ты на выборах вычеркивал из бюллетеней для голосования всех кандидатов.

– А! Ну почему же? Я ей рассказал об этом тоже.

– Боже! Ты с ума сошел! Ты просто сошел с ума. Ты проявляешь сверхосторожность на выборах, не заходишь в кабину, приклеиваешь грифель от карандаша лейкопластырем к пальцу. А потом рассказываешь это человеку…

– Что значит – «человеку»? – перебил он меня. И тут я понял, что здесь мне хорошо было бы и остановиться.

– Что же она тебе ответила на это твое признание? – спросил я его.

– Она сказала, что понятия не имела обо всем этом. И что я оказался совсем другим человеком. Не тем, кого она себе представляла.

– Ты подумал, что здесь начнется, если она кому-нибудь расскажет об этом? – опять спросил я его.

– Никому она ничего не расскажет.

– Ты уверен?

– Да.

– А я вот не уверен.

– Потому что ты плохо знаешь русских женщин.

Это последнее его замечание очень удивило меня. Почему он решил, что я плохо знаю русских женщин? Почему он думает, что знает их хорошо или, по крайней мере, лучше меня? И вообще – это его высказывание показалось мне несколько глуповатым.

Все это случилось в Черноголовке, в Институте физики твердого тела. Это было обычное советское место. Только там не было всяких дурацких названий улиц. Они назывались просто: Первая улица, Вторая улица, улица академика такого-то или другого академика. Оба мы, я и мой приятель, пришли туда по одной и той же причине. С нашими еврейскими фамилиями устроиться заведующим лабораторией в Москве в академическом институте было практически невозможно. Вдобавок, и он, и я были беспартийными. Ну а в Черноголовке этот вариант иногда проходил. К тому же там легче было решить жилищную проблему. Вот мы там и работали. Порой было немного скучновато. Зато в сентябре там было полным-полно грибов. Поэтому осенью к нам часто приезжали друзья из Москвы. А в другое время мы наведывались в Москву к друзьям. Так что жить там можно было вполне.

Мой друг и дочь генерала расстались. Но расставание у них закончилось довольно мирно. А мне даже показалось, что она стала относиться к нему теплее, чем раньше. Но, по-видимому, поняла, что связать с ним свою судьбу не сможет.

В итоге мой друг оказался прав. Она, судя по всему, никому не сказала ни о каких их разговорах.

Как-то, уже после того как они окончательно расстались, у него в лаборатории было намечено обсуждение чего-то очень важного. Вернее, того, что казалось нам важным тогда. И он меня туда позвал. Часа, наверное, через два, уже в самом конце, он высказывал свои заключительные соображения.

Тут я увидел ее. Она смотрела на него не отрываясь. А когда он закончил говорить и все уже стали подниматься со своих мест, она все смотрела на него. В ее взгляде было нечто такое, что я сильно позавидовал моему другу. И я поймал себя на мысли, что мне бы хотелось, чтобы какая-нибудь женщина когда-нибудь вот так же смотрела на меня.

Она перехватила мой взгляд. Немного смутилась и показала мне язык. Потом быстро собрала свои вещи и пошла к дверям.

Вика

Летом, сразу после окончания сессии, решили пойти в недельный поход узкой мужской компанией. Но с нами захотела пойти сестра одного из наших, Кирилла. Решили взять ее тоже. А она привела с собой своего однокурсника, Дениса, и подругу с курса на год младше, которая, в свою очередь, привела еще и свою подружку, Вику.

Это не совсем входило в наши планы, но отказать было уже неудобно, и все с этим смирились.

Денис появился на условленном месте около Белорусского вокзала с гитарой. Не уверен, что это обрадовало всех, поскольку рюкзак у него был существенно меньше, чем у любого из нас. Но он клялся, что взял с собой все, что ему было поручено.

В первый же вечер у костра Денис достал свою гитару и начал что-то бренчать. Потом потихоньку нащупал, в какую сторону простираются наши музыкальные предпочтения, и стал рассказывать нам много интересного о западных джазовых исполнителях. От него мы впервые узнали, что означает слово "Satchmo". Удивились, когда Денис сказал, что *Louis Prima* – белый. С интересом выслушали забавную историю о том, почему и как *Tony Williams* добавил "*Ah-ah*" к знаменитой песне "*Only you*". А Денис продолжал бренчать на гитаре и весь вечер пел известные и неизвестные нам песни. И, конечно же, очаровал нас всех.

А в конце первого вечера, когда наши девушки покинули нас на короткое время, он рассказал очень смешной анекдот. Оказалось, что никто из нас этого анекдота не знал. В тот момент я немного заволновался, не последуют ли за этим и другие анекдоты, чего я ужасно не любил. Да и вообще в нашей компании не было принято рассказывать старые анекдоты. Но Денис больше никаких анекдотов рассказывать не стал, хотя и понял, наверное, что анекдот его нам очень понравился. И эти два обстоятельства еще более расположили нас к нему.

Никто уже не жалел, что народу у нас стало больше, чем мы планировали с самого начала. Наверное потому, что компания наша оказалась довольно однородной. Кроме, быть может, Вики. Она определенно чем-то отличалась от всех нас. Как-то выпадала из нашего круга. Но чем она отличалась, я бы затруднился сформулировать. Я обсудил это с Кириллом, и он тоже сказал, что она явно не такая, как мы все. Но в чем это выражается, он тоже сказать не смог.

Вика с самого начала показалась мне очень симпатичной. Потом, когда она немножко расслабилась, стала казаться мне просто очаровательной. А она, поняв, что понравилась всем, вела себя очень свободно. Может быть, даже слишком свободно. И, как я потом понял, возможно, этим и отличалась от нас. Однако, по всей видимости, это никого особенно не раздражало. По крайней мере – первое время.

Однажды, когда мы все лежали на берегу речки на солнышке, она легла рядом с Кириллом на травку и положила ему голову на живот. Поначалу он лежал молча. А потом спросил:

– Тебе хорошо, Вика?

– Да, хорошо, – ответила она.

– Ну хоть тебе хорошо, – сказал Кирилл.

И мне, и всем нашим эта шутка Кирилла очень понравилась. Потом, уже когда мы вернулись из этого похода, мы все очень часто, к месту и не совсем к месту, повторяли за Кириллом: «Ну хоть тебе хорошо...»

Я все гадал, кто же начнет ухаживать за Викой серьезно. Вернее, гадал, кому она отдаст предпочтение. Спросил у Кирилла, что он думает по этому поводу. Кирилл был очень удивлен моему вопросу. Он почему-то считал, что у меня с Викой что-то намечается. Но когда я разуверил его в этом, призадумался.

Следующие два дня Кирилл стал вести с Викой какие-то сверхумные разговоры, к которым она, как оказалось, была совершенно не готова. И Кирилл пожаловался мне на это, объявив, что с ней трудно о чем-либо говорить и что теперь он окончательно убедился в том, что она «не наш человек». А Вика мне сказала, что Кирилл у костра кажется абсолютно нормальным. А когда с ним начинаешь разговаривать, он ведет себя очень странно.

Денис поначалу явно симпатизировал Вике. Я видел, как он пару раз увязывался с ней куда-то, куда она хотела было пойти одна. Но потом он вдруг охладел к ней и был, пожалуй, единственным из нас, кто относился к ней неприязненно. Мне это казалось странным.

Однажды, когда мы остались вдвоем, я спросил его, почему он так суров к Вике.

– Динамистка, – процедил он сквозь зубы.

– Что? – не понял я.

– Она динамистка.

– Что это значит?

– Я видел таких много раз. Они сводят кого-то с ума, но не подпускают близко. Крутят динамо. Я таких просто ненавижу.

Знаменитость

За обедом он сказал жене, что его приглашают выступить с докладом на конференции в Москве. И что он рассматривает это предложение.

– Ты же говорил, что не поедешь туда никогда, – сказала она.

– Понимаешь, они меня зовут как очень большую знаменитость, оплачивают мне все расходы: дорогу, гостиницу. И вообще, там все – хорошие ребята. Они меня знают еще по Первому медицинскому и очень меня уважают.

– Пару лет назад они тоже обещали тебе оплатить все расходы. Но ты же не поехал.

– Пару лет назад они просили меня прислать им копии моих дипломов, и я их послал ко всем чертям.

– Послал ко всем чертям всех своих хороших ребят?

– Да.

– А сейчас они не просят прислать дипломы?

– Нет, сейчас не просят.

– Они, наверное, нашли то, что отобрали у тебя, когда ты уезжал.

– Они тут ни при чем, ты это прекрасно знаешь.

– Ну скажи мне, зачем тебе это? Ты уже походил и гоголем, и королем на всех своих конференциях по всему миру. Зачем тебе лететь в Москву?

Но он сказал ей, что все-таки хочет поехать. Что никогда со времени отъезда не был в Москве. Сказал, что хочет посмотреть на свою старую школу. Показал ей фотографии, которые ему недавно прислал его одноклассник. Вот здесь раньше ходили трамваи. Здесь мама переводила его через трамвайные пути по дороге в школу. А вот здесь на углу – и сама его школа. Только раньше она ему казалась большой и красивой, с широкими рядами ступенек на входе. А на фотографии она выглядела маленькой и невзрачной. И ступеньки на входе едва были видны. А вот здесь, где сейчас стоит громадный дом, был пустырь. А там дальше, за поворотом, была их районная поликлиника. Мама водила его туда на обследования. Там у него брали анализ крови. Прокалывали палец каким-то страшным дыроколом, и он при этом всегда падал в обморок.

Он сказал жене, что хочет пообщаться со своими друзьями, с одноклассниками, с теми, с кем вместе учился, с кем работал. Вспомнить былые дни. Хочет зайти к ним домой, посмотреть, как они живут. Поспрашивать, как им работается.

– Рассказать о себе, – вставила его жена.

– Перестань, – сказал он. – Хочу побывать в музеях.

– Когда ты последний раз был в музее? – спросила жена.

– Недавно. Ты же знаешь.

– Конечно, потому что тебе надо было сводить

туда твоего гостя.

– Какая разница?

И еще он сказал жене, что хочет посмотреть, как и что изменилось в Москве. Стал звать ее с собой. Но она отказалась наотрез. И он полетел в Москву один.

Он прилетел за день до начала конференции. Его встретили, отвезли в гостиницу, дали немного отдохнуть, а потом усадили в машину и привезли в Пушкинский музей. Через час он сказал, что устал, и попросил отвезти его обратно в гостиницу. Но его все-таки уговорили поехать еще и в Третьяковку. Там он сразу выпил крепкого кофе, взбодрился и с удовольствием еще час, наверное, бродил по залам.

На следующий день началась конференция. Он выступил с обширным пленарным докладом. Его назначили главой одной из секций. Он вел все ее заседания. Много выступал в дискуссиях за круглым столом по вечерам. И вообще – был гвоздем всей программы.

Вокруг него всегда собиралась куча народу. Он вел себя скромно. Но все равно, рассказывая о себе, производил на всех большое впечатление.

Он жаловался, какая у него беспокойная жизнь. Говорил, что работает в основном в Манхэттене. Но жена его не хочет жить постоянно в городе. Поэтому они купили дом в Нью-Джерси. А в Манхэттене ему приходится держать квартиру – у него не хватает сил ездить каждый день после работы домой. И все же он очень устает, поскольку ему приходится мотаться по всей стране. Он называл университеты и госпитали, с которыми был связан по работе. Показывал фотографии коллекции монет в его доме в Чикаго. Это был его первый дом в Америке. Там, где он получил свою первую постоянную работу – в *Northwestern Memorial Hospital*. И где до сих пор еще сохранил рабочие контакты.

Все хотели с ним поговорить. Все относились к нему с громадным почтением. И все хотели рассказать ему, каких успехов они добились в жизни.

Он надеялся повидаться с теми, с кем вместе учился. Но встретил там мало кого из них. И, как постепенно узнавал об этом, – по одной и той же печальной причине.

А вечерами ему устраивали домашние приемы. Он соскучился по русской кухне. И с громадным удовольствием ел соленые, вяленые и сушеные рыбки, копченую осетрину и севрюгу совершенно забытого им вкуса, блинчики с икоркой, мясные закуски – корейку, буженину, ветчину. Пробовал все эти необыкновенные соления, мочения и квашения, многочисленные вкуснейшие салаты, грибочки, холодец со злым хренком, копченые колбасы с тем самым вкусом и запахом, которые он когда-то так любил. Не обходил вниманием и выпечку – кулебяки, расстегаи, небольшие пирожки, которые таяли во рту. Пил водку, закусывая ее солеными и малосольными огурчиками и селедкой с зеленым лучком. После всего этого еще находил в себе силы попробовать разные тушеные, вареные, томленые и печеные блюда. А в один из дней попал даже на жареного поросенка с гречневой кашей.

По скончании конференции был устроен

шикарный банкет. В сущности, в его честь. Он сфотографировался там со всеми своими хорошими ребятами. Вечером он позвонил жене. Сказал, что был у мамы на кладбище. Рассказал, где еще ему удалось побывать. А потом послал ей банкетные фотографии и долго объяснял, кто есть кто. Вот этот, которому он когда-то писал диссертацию, сейчас – директор крупного института. Этот, который пришел в Первый медицинский за год до его отъезда, – чуть ли не министр, вхож к президенту. И вообще, все они сейчас очень большие шишки.

Поговорив с женой, он лег в кровать и еще долго разглядывал фотографии. Потом отложил компьютер и попытался заснуть. Но заснуть сразу не смог, потому что все прикидывал, что еще ему надо сделать завтра, в его последний день в Москве.

Проснулся он рано. Заказал завтрак в номер. Тщательно побрился. Вызвал такси.

Он вроде бы помнил, что на кладбище продаются цветы, но не хотел рисковать. Поэтому попросил таксиста заехать в цветочный магазин. Купил большой букет белых роз.

Уже внутри кладбища он сделал несколько поспешных и, по всей видимости, ошибочных поворотов. Понял, что заблудился. Но он хотел найти колумбарий сам, ни у кого не спрашивая. Вернулся к памятнику Высоцкому и попытался сосредоточиться. Снова пошел вперед, но уже медленнее. Понял, где он сделал неправильный поворот. И вскоре уже входил в колумбарий.

На листочке бумаги, который он достал из кармана, было написано: «секция 47, ряд 3, ниша 39». Он нашел секцию, ряд и нишу. Подошел к мраморной доске. На ней был выгравирован женский профиль. Ее профиль. А ниже – две даты. Он тупо и долго смотрел на доску и, казалось, потерял счет времени. Потом стал соображать, как можно было бы положить там розы, которые он принес.

Постоял еще немного. Вспомнил, как выбирал фотографию для гравировки мраморной доски. Его память хранила все, что было с этим связано. Даже самые незначительные моменты.

Он вспомнил что-то еще. А потом еще и еще. И в который уже раз отметил мысленно, что время – этот лучший в мире лекарь – до сих пор не может вылечить его.

У него стала кружиться голова, в глазах поплыли яркие спирали. Он понял, что у него подскочило давление, и решил немного успокоиться. Сел рядом на скамейку. Обхватил голову руками и какое-то время сидел неподвижно. Но потом его плечи затряслись. И он, уже совершенно ничего не видя и не слыша вокруг, зашелся в рыданиях и стал то ли проклинать кого-то, то ли ругать самого себя, то ли просить у кого-то прощения.

ДРУГИЕ КНИГИ АВТОРА

Бредовый суп

Повесть в рассказах

Лимбус Пресс, Санкт-Петербург, Москва, 2004 – 288 с.
ISBN: 5-8370-0090-9

Повесть о математике Илье, эмигранте из России, живущем в Америке. Ему снятся сны о том, что когда-то происходило с ним в его прежней жизни. А те сны, которые ему снились когда-то давным-давно, оказались близки к его реальной жизни в Америке. Название повести взято из высказывания Ильи о ситуации в советской России: «… все было полным бредом. Люди в бредовых одеждах сидели в бредовых комнатах на бредовых стульях и бредовыми ложками ели бредовый суп».

Смешные детские рассказы

Записки двенадцатилетнего мальчика

Manhattan Academia, 2007 – 144 с.
ISBN: 978-0-615-16120-4

Сборник коротких детских рассказов о событиях, происходивших в Москве в середине пятидесятых годов прошлого века, через десять лет после окончания второй мировой войны. Рассказы могут быть интересны как детям, так и взрослым. Дети найдут в книге много по-настоящему смешных эпизодов и смогут посмотреть на столицу России середины двадцатого века глазами двенадцатилетнего мальчика. Взрослые будут иметь возможность посмотреть на те же события своими глазами и тоже посмеяться, а может быть, и погрустить.

Исторические анекдоты

Пособие по истории советской России

Manhattan Academia, 2007 – 156 с.
ISBN: 978-0-615-18503-3

Исторические анекдоты автора с его собственными комментариями. Анекдоты написаны в помощь тем, кто изучает историю большевицкой России, и имеют своей целью поколебать нерушимую веру значительной части людей нашей планеты в социалистические идеи всяких сортов. Книга содержит предисловие-эссе о десяти мифах советской России, живучесть которых стала, по-видимому, одной из причин того, что социалистические идеи не были дискредитированы в глазах большинства людей после провала социалистического эксперимента в России.

Релятивистская концепция языка

Научно-литературная композиция

Manhattan Academia, 2007 – 120 с.
ISBN: 978-0-615-18454-8

Описание новейшей лингвистической концепции релятивизма, включающей положения об относительности различных процессов, связанных с языком человека, и ограниченности взаимопонимания между людьми. В приложениях показано отношение концепции к литературе и другим областям человеческой деятельности. Приводятся примеры, касающиеся норм литературного языка, научных и судебных споров, присуждения премий по литературе и создания прозаических и поэтических переводов.

Большая кулинарная книга развитого социализма

Для гурманов и простых людей Москвы и Ленинграда

Manhattan Academia, 2010 – 84 с.
ISBN: 978-1-936581-00-9

Кулинарные рецепты и советы для жителей двух городов советской России – Москвы и Ленинграда. Собрание рецептов относится к двум фазам общественного устройства страны – развитого социализма и коммунизма, – которые закончились в начале девяностых годов прошедшего столетия. Книга, однако, остается полезной для многих, кто живет в России сейчас. Она может оказаться ценной и для жителей регионов мира с похожим укладом жизни. Книга также должна представить несомненный интерес для тех, кто изучает проблемы социализма и коммунизма, и особый интерес – для тех, кто никогда над такими проблемами не задумывался.

Московский бридж. Начало

Manhattan Academia, 2014 – 176 с.
ISBN: 978-1-936581-06-1

Воспоминания автора о первых шагах спортивного бриджа в советской России конца 60-х – конца 70-х годов двадцатого столетия. О первых поединках московских команд по бриджу и о ведущих игроках московского бриджа тех лет. О московских турнирах тех времен и о выступлениях москвичей на всесоюзных состязаниях по бриджу. О той атмосфере, которая окружала бридж в период тоталитарного коммунистического режима в стране. И о романтике бриджа – самой интеллектуальной игры, когда-либо изобретенной человеком и вовлекшей в свою орбиту двести миллионов игроков по всему миру.

Арт-каталог

В пространстве двух с половиной измерений

Manhattan Academia, 2016 – 120 с.
ISBN: 978-1-936581-03-0

Каталог арт-работ автора. Содержит обширное предисловие и четыре раздела. Главный раздел – «Керамика» – включает все основные керамические творения автора, начиная с ранних работ 1997 года и кончая последними работами. В раздел «Живопись» входят картины двух периодов: российского и американского. Раздел «Коллажи» представляет серию работ под общим названием "Single Malt Art"; каждый коллаж имеет свой так называемый «параллельный сюжет». В последнем разделе представлена небольшая серия чайников, выполненных автором в металле.

Красный зигзаг

Записки кооператора

Manhattan Academia, 2017 – 204 с.
ISBN: 978-1-936581-09-2

Воспоминания автора, в которых центральное место занимает история частного пчеловодного товарищества, возглавляемого молодыми московскими научными работниками. Действие происходит в Москве и в глубинке Воронежской и Саратовской областей в конце семидесятых – начале девяностых годов прошедшего столетия на фоне драматических событий, разворачивающихся в это время в Советской России.